Marcus Conradt Felix Huby

Neues vom Eugen

Bleicher Verlag

CIP-Titelaufnahme der Deutschen Bibliothek

Conradt, Marcus:
Neues vom Eugen : schwäbische Geschichten / Marcus Conradt ; Felix Huby. – 1. Aufl. – Gerlingen : Bleicher, 1990
ISBN 3-88350-310-X
NE: Hungerbühler, Eberhard:
Vw: Huby, Felix [Pseud.] → Hungerbühler, Eberhard

1. Auflage

Gesamtherstellung: Wilhelm Röck, D-7102 Weinsberg
Umschlagentwurf: Anja Bittermann, D-7134 Knittlingen und Gerhard Junker, D-7150 Backnang-Waldrems
Illustrationen: Gerhard Junker
ISBN 3-88350-310-X

Die Liebe zu den Schwaben...

»Seit Häberle und Pfleiderer hat es keine so treffenden, einprägsamen schwäbischen Figuren mehr gegeben, wie es die beiden waren – bis der Eugen auf dem Bildschirm erschien«, schrieb der Kritiker einer großen Zeitung im Februar 1989.

Auf dem Bildschirm erschien der Eugen in den sogenannten »Schwäbischen Miniaturen« – kleinen, nur acht Minuten dauernden Fernsehspielen, versteckt zwischen Werbespots und ausgestrahlt zu einer Tageszeit, in der der Mensch normalerweise besseres zu tun hat, als in die Röhre zu schauen. Trotzdem fand »Der Eugen« mehr und mehr Zuschauer. Die Menschen nahmen sich die Zeit für die Schwäbischen Geschichten.

Wir Autoren hatten beim Schreiben der kleinen Fernsehspiele immer ein wenig darunter gelitten, kaum in die Breite und fast gar nicht in die Tiefe gehen zu können. Das Acht-Minuten-Korsett saß fest und eng. Marcus Conradt und ich empfanden es deshalb als richtig befreiend, als wir die Möglichkeit bekamen, die schönsten und uns besonders an's Herz gewachsenen Eugen-Geschichten nun auch in Prosa erzählen zu können.

Jetzt legen wir schon den zweiten Eugen-Band vor. Diesmal konnten wir nicht nur auf die Erfahrung beim Schreiben der ersten Eugen-Geschichten zurückgreifen – wir hatten auch an die 50 Mal Gelegenheit, bei Lesungen die Reaktion des Publikums zu erleben. Viele Zuhörer haben uns dabei bestätigt, was wir eigentlich schon ahn-

ten: »Der Eugen und die Seinen haben uns im Fernsehen schon einen Riesenspaß gemacht, aber erst beim Lesen sind wir ihnen so richtig nahe gekommen.«
In diesem Fall ist das »Buch zur Fernsehserie« eine eigenständige Größe geworden, kein zweiter Aufguß, keine schiere Spekulation auf Fernsehpopularität.
»Ein Panorama schwäbischer Seelenlandschaften« hat es ein Leser genannt, und ein anderer sagte während einer Lesung immer wieder nach zwei oder drei Sätzen mitten rein, laut und vernehmlich: »So isches, genau so isches!«
Als Autor hat man Glück, wenn man sich den Schwaben zuwendet. Sie geben viel her in ihrer Gegensätzlichkeit, verhockt und weltläufig wie sie sind (»Do hockscht en Sidney rom, ond dahoim müßt mr d'Bäum spritze!«), unfähig, etwas direkt und gradraus zu sagen (»Mr sollt au amal wieder d'Kehrwoch mache!«), hintersinnig (»Domm ischt er net grad, aber b'sonders g'scheit isch'er au net direkt!«) und b'häb (»Kommet zom Kaffee, no könnet ihr zum Nachtesse wieder dahoim sei!«).
Keiner wird nach der Lektüre dieses Buches sagen können, daß wir zwei Schwaben die Schwaben nicht liebten. Aber diese Zuneigung macht uns nicht blind für die Schwächen und Schattenseiten der schwäbischen Seele. Wir wollten sie so zeichnen, wie wir sie erlebt haben, ungeschönt und nicht verwässert.

Stuttgart, im März 1990 Felix Huby

Die Feuersbrunst

Das war furchtbar gewesen. Zwei Stunden schon hatten die Gewitter getobt. Man konnte nicht feststellen, kamen sie nun von Osten, Westen, Süden oder Norden – auf jeden Fall schienen sie alle über Weiningen zusammenzuprallen. Blitz und Donner folgten Schlag auf Schlag. Immer wieder wurde es taghell in den Stuben. Häuser und Bäume zitterten unter dem gewaltigen Krachen der dicht auf einander folgenden Donnerschläge.

Und dann war da dieser alles übertönende eine Schlag. Das Haus schien zu bersten, eine helle Stichflamme tauchte alles in ein gleißendes Licht. Es stank plötzlich nach Schwefel, und schon prasselte das Feuer, als ob das Anwesen Eugen Eiseles an allen vier Ecken von vier verrückt gewordenen Feuerteufeln angezündet worden wäre.

Elsbeth, Rosa und Eugen waren längst aufgestanden und hatten ihre Bademäntel angezogen. Schweigend hatten sie im Wohnzimmer gesessen – Eugen mit einem Glas Trollinger – »beruhigt die Nerven« hatte er gerade noch gesagt. Rosa hatte alle Gebete gesprochen, die sie kannte, und da es nicht viele waren, fing sie immer wieder von vorne an. Elsbeth jammerte immer wieder leise: »'S wird doch nix passiere, 's wird doch aber au nix passiere!«

Und dann war es doch passiert. Was nach dem Blitzschlag alles geschehen war, daran konnte sich am anderen Morgen niemand mehr erinnern. Wie eine geschlagene Armee saßen Eugens Familie und seine Angestellten

im Keller. Das Löschwasser stand ihnen bis zu den Knöcheln. Auch hier – tief unter der Erde – stach ihnen der Brandgeruch noch in die Nase.
Sie hatten zu retten versucht, was zu retten war – Rosa zum Beispiel Carusole, ihren Kanarienvogel, der von der Nervosität der Menschen offensichtlich angesteckt war und wild piepsend in seinem Käfig hin und her flatterte.
Eugen selber schien gar nicht so unglücklich zu sein. Er saß auf einer umgestürzten Weinkiste vor einem improvisierten Schreibtisch aus Kisten und Brettern und blätterte in einem Aktenordner, auf dem in Großbuchstaben das Wort »VERSICHERUNGEN« stand. Elsbeth, Karl, Sibylle und Hemmerle schleppten noch immer einzelne Teile, die den Brand halbwegs überlebt hatten, in den Keller – wie Piraten sahen sie aus, die Beutestücke in Sicherheit bringen.
Über dem Ganzen lag eine unwirkliche Heiterkeit – die Folge des Schocks, der nun ganz langsam nachließ. Eugen schlug den Aktenordner immer wieder auf, las angestrengt nach, wobei er mit dem rußverschmierten Zeigefinger den Zeilen folgte und schlug dann den Ordner wieder zu – freilich nur, um ihn gleich darauf wieder zu öffnen und die Versicherungspolice aufs neue zu studieren.
Karle setzte eine Schublade mit Besteck ab und ging dann an den großen Weinfässern entlang. Er klopfte mit den Fingerknöcheln gegen das Holz. »'S hätt net viel g'fehlt, und des wär heut nacht älles Glühwein worde«, meinte er bedeutungsschwer.
»Hör bitte auf!« sagte Elsbeth. »Mit sowas macht mr koine Späß – mir könnet gottfroh sei, daß keiner von uns verbrennt ischt.«
Rosa pfiff leise ihrem Vogel etwas vor und sagte dann:

»Unser Herrgott wird sich scho ebbes dabei denkt han.«
Eugen streichelte seinen Aktenordner. Sichtlich zufrieden sagte er: »Scho möglich!«
»Daß es oim bloß net z'wohl wird, gell.« Rosa unterhielt sich mit ihrem Caruso. »Was se mit uns alles machet... lasset oifach da Blitz neischlage!«
Hemmerle schleppte eine angekohlte alte Wanduhr in den Keller. Im Gehäuse der Uhr rasselt das Pendel. Hemmerle zitierte mit tiefer Stimme: »Einen Blick nach dem Grabe seiner Habe sendet noch der Mensch zurück, greift fröhlich dann zum Wanderstabe...«
Karle, der gerade einen Besen in der Hand hatte, funktionierte den Stiel zum Wanderstab um, und sah Hemmerle fragend an: »Und jetzt, wo na?«
Aber Hemmerle zitierte unbeirrt weiter: »Was Feuerswut ihm auch geraubt, ein süßer Trost ist ihm geblieben, er zählt die Häupter seiner Lieben...«
»... und sieh, statt sechse waren's sieben« ergänzte Karle grinsend.
Aber auch diesmal ließ sich Hemmerle nicht drausbringen: »Und sieh, ihm fehlt kein teures Haupt.«
Rosa wendete sich an Eugen: »Wie hoch sind mir eigentlich versichert?«
Eugen reagierte abweisend. »I ben grad erscht dabei...« Damit drückte er den Ordner eng an sich.
»Immerhin ischt mei Anteil au mit abbrennt!«, giftete Rosa. Sie wollte nach dem Ordner greifen, aber Eugen brachte ihn in Sicherheit.
Elsbeth fragte plötzlich: »Wo ischt eigentlich der Mokkele?«
Eugen sagte mehr zu sich selbst: »Hauptsach, d'Versicherung zahlt.«

Elsbeth insistierte: »Hat denn koiner den Mockele g'sehe?«
»Ja, wo ischt denn der Kerle eigentlich?« fragte nun auch Eugen.
»I han en 's letzschte Mal g'sehe, wo er heut nacht mei Carusole g'rettet hat«, berichtete Rosa.
Hemmerle meldete sich mit seinem schönsten Tremolo: »Gerettet aus der Feuersbrunst!«
Eugen wurde ärgerlich: »Kaum brennt mr amal ab, scho spurt's Personal nemme.«
Karle warf ihm einen bösen Blick zu. »I seh bloß oin, der romhockt ond nix schafft!«
»Wie der g'holfe hat«, rief Elsbeth, »der war ja noch vor dr Feuerwehr da!«
»Da g'hört ja net viel dazu«, brummte Eugen, »wenn mr grad om's Eck nom wohnt!«
Plötzlich bekam Elsbeth den großen Schreck: »O Gott, der wird doch net unter de Trümmer liege!«
Rosa wurde sofort hysterisch: »Noi... noi... des därf doch net wahr sei... ausg'rechnet dr Mockele... der Mockele... Mockele, wo bischt denn?!«
Hemmerle stürzte auf Rosa zu und versuchte sie zu beruhigen, indem er sie an den Schultern faßte und an sich zog. »Bitte, Rosa... man darf doch net gleich ans Schlimmste denke!«
Selbst Eugen kriegte ein bißchen Panik. »Ha, dr Mockele wird doch net so bled sei und sich verschütte lasse!«
Rosa barmte: »Der arme, arme Mockele!!!«
In diesem Augenblick stolperte Mockele schlaftrunken, rußgeschwärzt und dreckig aus der Tiefe des Kellers hervor. »Ha? Was ischt? – Isch ebbes mit mir?«
Hemmerle schickte einen Blick nach oben: »Dem Himmel sei Dank. Er lebt!«

»Mockele! Mir habet uns ja solche Sorge um Sie g'macht!«, sagte Elsbeth.
»I han des net verlangt«, sagte Mockele trocken.
Elsbeth rang noch immer die Hände. »Jetzt hätt i me fascht alteriert, und no kommt der oifach henter de Fässer vor!«
»Wenn mr recht müed isch«, Mockele gähnte ungeniert, »kann mr überall schlafe. Aber jetzt gang i hoim. Für heut ischt gnueg g'schafft, oder brennt vielleicht no ebbes?«
Mockele ging Richtung Treppe. Eugen giftete ihm hinterher: »Han i's net g'sagt? Kaum brennt mr amal ab, scho spurt's Personal nemme!«
An der Tür begegnete Mockele dem Nachbarn Felger und dem Brandmeister. Felger redete aufgeregt auf den Feuerwehrmann ein: »Des müsset Se aufnehme! Unbedingt müsset Se des aufnehme! Mei Zwetschgebaum sieht aus wie ein Rußbese – der trägt nie meh, den mueß mr grad omsäge!«
Der Brandmeister winkte nur ab und sagte zu Eugen, indem er sozusagen Haltung annahm: »Feuer gelöscht, Gefahr gebannt! Mir hent's g'schafft – alles in Ordnung!«
Eugen starrte ihn böse an. Sein Gesicht nahm eine blaurote Farbe an. Er ballte die Fäuste. Und plötzlich brüllte er los: »Was, alles in Ordnung? Mir verbrennt Hab ond Gut überm Kopf, ond Sie saget: ›alles in Ordnung!‹«
Felger bäffte von hinten: »Älles bis auf mein Zwetschgebaum!!«
»Da verbrennt oim älles«, fuhr Eugen in seiner Tirade fort, »und was 's Feuer net schafft ...«
Auf's Stichwort kam Sibylle herein. Sie hatte einen gehefteten Packen völlig durchnäßtes Papier auf den Armen.

»Also, was ’s Feuer net g’schafft hat, hat d’Feuerwehr vollends he g’macht!«, rief sie von der Tür her.
Aber das schien nun Eugen nicht so besonders zu beeindrucken. Er fuhr mit einer liebevollen Geste über den Aktenordner, der immer noch vor ihm lag, und sagte leise zu sich selber: »’S Wichtigschte ischt ja g’rettet!«
Sibylle war noch völlig konsterniert. »Jetzt gucket Se sich des doch bloß amal a!«
Hemmerle wurde bleich. Er faßte sich ans Herz, wankte auf Sibylle zu und nahm ihr mit bebender Hand die durchnäßte Schwarte ab. Mit Grabesstimme sagte er: »Also doch!«
Er blätterte den Papierstapel durch. Man sah nun, daß alle Seiten einmal mit Tinte beschrieben gewesen sein mußten. Das Löschwasser hatte die Schrift allerdings weitestgehend verwischt. Hemmerle hob den Kopf, schaute zum Himmel und eine wahre Klage brach aus ihm heraus: »Mein Werk, mein Lebenswerk ... meine Gedichte!«
Sibylle machte einen unglücklichen Versuch, ihn zu trösten: »Des sind doch aber sicher net alle?«
»Alle! Alles, was ich bis zu dieser unseligen Nacht gedichtet habe!«
Aus dem Hintergrund meldete sich Felger: »Ja no, mein Zwetschgebaum hat’s au verwischt!«
»Ich geh dann«, meldete sich der Brandmeister, »obwohl mr jetzt au a bißle innerlich lösche wolltet!«
»I han drobe a Kischte Riesling nag’schtellt, die ischt für Sie und Ihre Leut«, sagte Karle.
Eugen starrte ihn wütend an: »Was hascht du?!?!«
»Ich mach mein Dank und morge mein Bericht!«, sagte der Brandmeister. »Es dürfte ein absoluter Totalschade sei, net wahr!«

Das bezog nun wieder Hemmerle auf sein dichterisches Werk. »Das kann mr wohl sage«, jammerte er. »Totalschaden ist noch ein schwacher Ausdruck dafür!«
»Und koiner schwätzt von meim Zwetschgebaum«, rief Felger dazwischen. »Aber i komm drauf z'rück – i komm so lang drauf z'rück, bis...«
Da ihm keiner zuhörte, wendete er sich ab. Der Brandmeister tippte mit dem Finger gegen den Rand des Helms und ging die Treppe hinauf. Felger folgte ihm humpelnd. Er rief ihm nach: »Wartet Se, wartet Se – des mueß doch en Ihr Protokoll!«
Dann waren die beiden verschwunden.
Eugen sah Hemmerle nicht ohne Schadenfreude an: »Des kommt davo, wenn mr seine Gedichtle partout während em G'schäft schreibe mueß!«
»Du bischt doch wirklich a wüeschter Denger«, sagte seine Frau zu ihm. »Hascht du denn gar kei Herz meh? Alles ischt he und du hockscht da, als ob de em Lotto g'wonne hättescht!«
Eugen lachte still in sich hinein und sah seine Frau mit zusammengekniffenen Augen von unten her an: »Wenn alles he ischt, läßt sich's doch viel besser rechne...«
Das brachte Hemmerle dazu, sein eigenes Leid für kurze Zeit zu überwinden: »Also wirklich, Chef, Respekt, so viel Gelassenheit bei einem solchen Verlust hätt ich bei Ihnen niemals vermutet.«
Eugen lächelte ihn knitz an. »Mir send ja au no nie z'samme abbrennt!«
Karle, der an einem der Fässer lehnte, rief herüber: »Ja, was ischt jetzt? Sollet mr nix me do?«
»Wer schwätzt denn so ebbes«, sagte Eugen wütend. »Nalange mueß mr... nalange!«
Damit nahm Eugen entschlossen seinen Ordner, stand

auf, umrundete seinen provisorischen Schreibtisch, und ging zur Tür, die ins Treppenhaus hinaufführte. Unterwegs machte er aber nochmal kehrt und eilte an seinen aus Flaschen und Kisten zusammengestellten Schreibtisch zurück. Eigentlich suchte er nach einer Möglichkeit, seine Versicherungsakten wegzuschließen. Er versuchte es auch. Mal legte er den Ordner in die eine Kiste und rückte eine andere davor, mal schob er zwei Kisten ineinander und versuchte den Ordner dazwischen zu klemmen, aber keine dieser Vorsichtsmaßnahmen hätte ihm Sicherheit gegeben. Also trug er seine Akten in Karls Glaskasten, schloß die Tür ab und versenkte den Schlüssel in seiner Hosentasche. Die anderen schauten ihm verwundert zu. Er erwiderte die Blicke ärgerlich. »Ja, was ischt«, herrschte er sie an, »da drobe versauft's Zeug, ond ihr haltet Maulaffe feil!« Schnell ging er zur Tür und verschwand im Treppenhaus.
Hemmerle konnte sein schweres Schicksal nicht fassen. Zwar tat es ihm gut, wie sehr ihn die Damen bedauerten. Aber je mehr Mitleid er erfuhr, um so tiefer verstrickte er sich in die Klagen über seinen schweren Verlust.
Mit der Zeit war der Keller ein bißchen wohnlicher geworden. Kleider hingen zum Trocknen herum. Auf einer Kiste blubberte eine Kaffeemaschine. Irgendwer hatte einen elektrischen Heizofen gebracht, der nun den Raum ein bißchen wärmte.
Hemmerle saß apathisch auf einer umgestürzten Kiste und blätterte in seiner unleserlichen Kladde, ohne auf die Blätter hinabzuschauen. Rosa war hinter ihn getreten und hatte ihm ihre Hände auf die Schultern gelegt. Sibylle brachte den beiden je einen Becher Kaffee. Teilnahmsvoll sagte sie: »Jetzt versteh i erscht so richtig, warum mr die Schreibmaschine erfunde hat.«

»Meinscht net«, sagte Rosa mit ihrer sanftesten Stimme zu Hemmerle, »daß du no des oine oder andere Gedicht auswendig kannscht, wenn de de a bißle anstrengscht?«
Hemmerle schüttelte traurig den Kopf. Mit brechender Stimme sagte er: »Denn mit des Geschickes Mächten ist kein ew'ger Bund zu flechten... und das Unglück schreitet schnell.«
Rosa schüttelte den Kopf. »O Gottfried«, sagte sie, »den Schiller kannscht auswendig – und deine eigene Sache...?«
Im gleichen Augenblick kam Eugen wieder zur Tür herein. Er strahlte vor Glück und wedelte mit den vielen Preis-Urkunden, die das Weingut Eisele in den letzten 15 Jahren einheimsen konnte.
»Im Tresor dren isch älles furztrocke!« erklärte er mit Triumph in der Stimme.
Wie in Trance schrie Hemmerle dazwischen: »Alles! Alles – bloß ich hab alles verlore. Alles, alles!«
Eugen winkte nur geringschätzig ab. »Awa, des isch doch schnell wieder g'schriebe... Älles verlore hätt mr, wenn mr zum Beispiel...« Plötzlich reagierte er wie in Panik. »Mei Leitzordner – wo isch mei... wo han i... hat einer mein Akteordner... i han doch grad no...«
»Den hent Se doch selber eig'schlosse, Chef«, beruhigte ihn Sibylle, »em Karle seim Büro!«
Aber das beruhigte Eugen noch lange nicht. »Ond dr Schlüssel? Wo isch dr Schlüssel?« Seine Panik steigerte sich plötzlich wieder bis nahezu ins Unermeßliche. Schließlich sagte Karle trocken: »En deim Hosesack, wo denn sonscht!«
Eugen fuhr fahrig in alle Hosentaschen, brachte schließlich den Schlüssel heraus und betrachtete ihn wie ein wunderbares Geschenk.

»Ja, ja in solche Situatione ischt der Mensch ganz auf sich selber gestellt. Da hat mr zwei Brüder, aber wenn die große Katastrophe über ein kommt, isch koiner da. Ens nächst beschte Mausloch schlupfet die nei, daß mr se net sieht. Sie könntet ja sonscht womöglich helfe müsse!« Er holte den Ordner aus Karls Glaskasten.

»Ha komm«, sagte Karle, »mei Vadder kann ja no gar nix davo wisse!«

Eugen lachte nur auf und winkte geringschätzig ab.

»Und dr Alfred hascht du so wüescht aus'em Haus vertriebe«, meldete sich nun Rosa, »daß du mit em beschte Wille ...« Aber da unterbrach sie sich, denn im gleichen Augenblick war Alfreds Stimme vom Treppenhaus her zu hören: »Gottseidank! Gott – sei – Dank, daß ihr no älle am Lebe send!«

Alfred schob seinen mächtigen Körper herein und bahnte sich einen Weg durch das Gerümpel. Er trug einen schikken zweireihigen Reiseanzug. »Grad komm ich vom Flugplatz. Ond d'Mary verzählt mr als erschtes, was heut nacht bei euch passiert ischt. Ond jetzt ben i da – i han me net amal omzoge. Kann mr ebbes helfe? Was kann mr helfe?«

Eugen sah ihn verkniffen an. »In dem Anzug?«

Rosa warf sich an die Brust ihres jüngeren Bruders: »Des war ja so furchtbar heut nacht, Alfred, so furchtbar ...«

Elsbeth sagte: »Mr hört ja so viel, wie des ischt, wenn der Blitz eischlägt – aber des isch alles gar nix – woisch: auf ein Schlag hat alles brennt!«

»Aus der Wolke ohne Wahl, zuckt der Strahl!« rief Hemmerle pathetisch.

Alfred blieb ganz sachlich: »Bischt denn einigermaße versichert?« fragte er seinen Bruder.

Eugen schlug den Ordner zu und deckte ihn mit seinem

ganzen Oberkörper ab. »Kümmer du dich um dei eigenes Sach«, bellte er von unten herauf.
Alfred verstand diese Antwort genau richtig. Entsprechend erleichert war er. »Gottseidank«, sagte er, »wenigschtens des! Ihr könnet natürlich bei uns wohne. Mei Haus steht euch selbstverständlich offen.«
»Ha komm, ja soweit kommt's no!« sagte Eugen.
Alfred, der seinen Bruder nur allzu gut kannte, blieb weiter ganz ruhig. »Also, mein Angebot steht. Ich geh jetzt heim und zieh mich um, danach komm ich wieder.«
Ohne weiter auf seinen älteren Bruder zu warten, schritt er hinaus.
Sibylle sagte: »Des wär ja a ideale Lösung! Zimmer hat's ja g'nug im ›Adler‹ – jetzt um die Jahreszeit!«
Auch Hemmerle nickte zustimmend. »Das ist wirklich ein hochherziges Angebot von Ihrem Herrn Bruder! Mr könnt sogar provisorisch ein Büro dort einrichte!«
Elsbeth schüttelte den Kopf. »Aber Sie wisset doch genau, Herr Hemmerle, daß das mein Mann niemals annehme kann.«
Eugen hob ruckartig den Kopf: »Wieso? – Des dät i jetzt gern wisse. Warom soll i des net annehme könne?«
»Ha komm, Eugen! So wie du zu deim Bruder stehscht! Du hascht ihm doch die Tür g'wiese. Hascht du net immer laut und deutlich gsagt, er sei ein Taugenichts und ein Tunichtgut in einer Person?!«
»Da hat mr ja no net g'wißt«, rief Karle dazwischen, »daß er ein Millionär ischt, net wahr, dr Onkel Alfred!«
»Dollar-Millionär!!« ergänzte Hemmerle.
»Du hascht kein gute Fade g'lasse an seiner... äh... seiner...« Elsbeth suchte nach dem richtigen Wort und wandte sich an Sibylle: »Wie sagt mr denn zu so ama Verhältnis heut?«

»Lebensgefährtin, so g'sehe!« half ihr Karle.
»Es gibt halt Situationen, da muß mr seine Vorurteile endlich mal aufgeben!« meinte Sibylle.
»Du moinscht, wenn's eim nützt!« warf Karle ein.
»Die Koschten-Nutzen-Analyse des Lebens läßt sich ebe nicht mit dem Rechenschieber ermitteln«, wußte Hemmerle.
Alle sahen Eugen an, der es zu genießen schien, wie ihm jeder einzeln zuredete, sich doch zu überlegen, ob man nicht in Alfreds großen Gasthof umziehen sollte. »Sie müßtet jetzt halt amal da erschte Schritt mache, Herr Eisele«, sagte Sibylle sanft.
Eugen tat so, als ob er sie nicht verstanden hätte: »Was moinscht denn jetzt da damit, Mädle?«
»Gehet Se halt auf ihn zu und gebet Se ihm die Hand.«
Mit gespieltem Entsetzen starrte Eugen seine Sekretärin an: »Und wenn er se nemmt?«

Der Tag verging weiter mit Aufräumungsarbeiten. Schon kurze Zeit nachdem er weggegangen war, erschien Alfred wieder. Er trug eine Jeans-Latzhose und krempelte die Ärmel auf. »Also, wo steht des Klavier, ich möcht die Note trage!« rief er gut gelaunt.
Nach und nach verzogen sich darauf alle außer Eugen und Alfred aus dem Keller. Plötzlich standen sich die beiden Brüder alleine gegenüber. Eugen machte einen halbherzigen Versuch, Alfred die Hand zu reichen. Irgendwie hatte er Sibylles Satz noch im Kopf und wollte nun ganz wörtlich tun, was sie ihm geraten hatte. Es war eine seltsame Situation, in der die beiden Brüder gleichermaßen verlegen waren. Eine ganze Zeit lang wurde gar nichts gesprochen. Dann sagte Eugen: »Also...« Nach einer längeren Pause sagte Alfred: »Ja? Jetzt?«

»Ja ... no ...«
»Wie isch's?«
»'S ischt wie's ischt ...« Eugen gab sich innerlich einen Ruck. »Also, ich kann des net annehme! 'S wär schlemm, wenn mr jemand zur Lascht falle müßt!«
Alfred kannte seinen Bruder. Deshalb sagte er jetzt: »Muescht ja net ... i han halt denkt, emmer no ben i dei Bruder! Ond emmer no bischt du au mei Bruder!«
»Aber so wie's ischt ...«
»Naja, so isch's ja no au wieder net!«
Eugen wiegte den Kopf hin und her. »Da hascht vielleicht recht!«
Wieder trat eine Pause ein, wie Alfred sagte: »Wo willscht denn sonscht na?«
»Ja«, sagte Eugen bedeutungsschwer, »wo will mr na?? – wo will mr na, wenn mr so en Not kommt?«
Alfred, der Sachliche, sagte: »Naja, mir hättet drei Appartements frei – eins für euch, eins für d'Rosa und eins für euer Büro.«
»I kann des net annehme, i könnt me ja kaum revanchiere!« sagte Eugen.
»Na guet, wenn's dir wohler ischt: Fuffzeahhondert Mark – unter Brüder!« Alfred streckte dabei seine Hand dem Bruder entgegen.
Bevor Eugen einschlug, sagte er noch mit Leichenbittermiene: »So han i di eig'schätzt!« Aber natürlich war er erleichtert. Sein Bruder hatte genau den richtigen Weg gefunden. Eugen freilich gestattete sich das Gefühl, halb ausgeliefert und halb übers Ohr gehauen worden zu sein. Schließlich schlug er aber doch ein. Wenigstens wußte man so, wo man in den nächsten Wochen bleiben konnte.

Eugen Eisele (Walter Schultheiß)

Elsbeth Eisele (Ilse Künkele)

Die neue Heimat

Eugen, seine Familie und seine Angestellten hatten sich halbwegs im großen Weinkeller eingerichtet. Von dem einstigen stolzen Wohngebäude über dem Gewölbe waren nur noch verkohlte Balken und zerborstene Steine übrig geblieben. Die Einrichtung hatte man nicht retten können. Eugen allerdings war es gelungen, alles, was er für wichtig hielt, rechtzeitig in den Keller zu schaffen. Dazu zählten in erster Linie seine gesamten Versicherungsunterlagen, aber auch die Papiere, die er für die Abwicklung seines Weinhandels brauchte, seine Geldanlagen und die schwere Kassette mit dem Bargeld. Unzufrieden war er eigentlich nicht.
Im Augenblick hatten es sich die Angestellten und die Familienangehörigen gerade um einen improvisierten Tisch – eine Platte, die auf zwei Böcken ruhte – bequem gemacht. Sie saßen auf Stühlen und umgestürzten Weinkisten und ließen sich das improvisierte Vesper und den eigenen Wein schmecken.
»Wie in de letzschte Kriegstage«, sagte Hemmerle versonnen. »Da habet mr auch im Keller kampiert. Isch no was von dem wunderbare Bierschinke da?«
Elsbeth reichte ihm das Holzbrett mit der reichlichen Wurstauswahl.
»Und a Gürkle, vielleicht«, fügte Hemmerle noch hinzu.
»Ja«, ließ sich Eugen hören, »damals war mr au no richtig ausg'hungert.«

Sibylle kam herein. Sie wirkte ein bißchen geschafft. »Also lang mach i des nemme mit...!« schimpfte sie.
Karle grinste über das ganze Gesicht: »Not kennt kein Gebot!« Hemmerle schaute Karle – auf beiden Backen kauend – wütend an. Das hatte natürlich er gerade sagen wollen. Geflügelte Worte, Zitate und Sprüche waren schließlich immer noch sein Ressort. Statt dessen sagte er jetzt zu Eugen: »Die Sibylle hat recht: Wie soll mr da noch Geschäfte mache, wenn mr wege jedem Telefongespräch in die Zelle muß. Der Zustand ist unhaltbar!«
»Heut morge hab i g'schlagene zwanzig Minute g'wartet«, erzählte Sibylle, »bis des Fräulein Rosa dr Frau Keuerleber die Sache mit unserer Feuersbrunscht verklickert g'het hat!«
Hemmerle war sofort bemüht, seine Braut zu entschuldigen: »Des ischt halt au a Erlebnis, des mr net jeden Tag hat.«
»Die Zelle muß mr oifach besetze!« schlug Karle vor.
Inzwischen hatte Eugen zwei Zehnpfennigstücke herausgekramt und wollte sie Sibylle übergeben. Sibylle musterte das Geld. Karle kam ihr zur Hilfe: »Nach Öchslestadt – des ischt a Ferngespräch, Herr Eisele. Und auch a Stadtgespräch dät inzwische dreißig Pfennig koschte.«
Eugen kramte ärgerlich zwei Markstücke hervor und brummelte: »Was mi des koschtet!!« Er kam richtig ins Jammern: »Net gnueg, daß oim älles verbrennt ischt – jeder verdient no an onserm Elend – sogar d'Poscht!«
Zum ersten Mal meldete sich Elsbeth, seine Frau: »Naja, wenn mir jetzt zum Alfred ziehet...!«
Aber Eugen ging sofort dazwischen: »I denk ja net dra!«
Alle starrten ihn überrascht an. Vor zwei Tagen, als Eugens Bruder Alfred ihm angeboten hatte, doch zu ihm in

den geräumigen Gasthof zum »Goldenen Adler« zu ziehen, hatte Eugen doch ganz offensichtlich zugestimmt. Sogar über die Miete war man sich schon einig gewesen.
»Ich denk, du hascht des mit deim Bruder alles besproche«, sagte Elsbeth.
»Au i kann ja von oim Dag auf dr andere a bißle g'scheiter werde!« sagte Eugen.
Karle mischte sich ein: »Aber geschtern hascht doch no ganz eindeutig g'sagt...«
Eugen brachte seinen Neffen mit einer herrischen Geste zum Schweigen. Er stand auf, zog seine Jacke an und rückte den Krawattenknoten zurecht. »Was goht mi mei saudomms G'schwätz von geschtern a?« Damit stapfte Eugen aus dem Keller – verfolgt von den Blicken der anderen, die gründlich verwirrt waren.
»Ja was ischt ihm denn jetzt scho wieder übers Leberle g'laufe?« sagte Karle.
»Der Alfred kanns net g'wese sei«, meinte Elsbeth, »mit dem war er ja geschtern noch ein Herz und eine Seele.«
Hemmerle massierte seine Nasenwurzel mit Daumen und Zeigefinger. »Ich hätt da eine Vermutung...«
»Des wird was Recht's sei – Vermutung!« sagte Elsbeth.
»Sozusage – ich mein, ich will mich ja da nicht einmische, aber ich sag bloß ›cherchez la femme‹!«
Elsbeth starrte ihn an: »Des müßtet Se mr aber dann scho näher erkläre!«
»Ich weiß, was der Herr Hemmerle meint«, rief nun Karle. »Die soll ja mal Bardame g'wese sei.«
»Wer?« wollte Elsbeth wissen.
»Ha, em Onkel Alfred sei Tussi.«
»Lebensgefährtin«, verbesserte Hemmerle nobel, »mit dem bürgerlichen Namen ›Mary‹.« Er sprach den Namen betont amerikanisch aus.

Im »Goldenen Adler« herrschte auch nicht eitel Harmonie. Mary, die gerade dabei war, die Herrentoilette aufzuwischen, sprach wütend auf jemand ein, der gar nicht zu sehen war. Freilich, aus den Geräuschen hinter einer der Türen konnte man schließen, daß da durchaus jemand seinen Geschäften nachging – offensichtlich Alfred, der nun aus dem Klo heraus zu hören war: »Mary, jetzt sei so gut, zom Donnerwetter! Jetzt seh des doch net so eng – des ischt doch au a Notsituation!«

»Natürlich ist das eine Notlage, aber für mich genauso wie für deinen Herrn Bruder, der von sich so eingenommen ist!« schimpfte Mary. »Also das kannst du von mir nicht verlangen. Seit wir zusammen sind, bin ich Luft für die Sippschaft. Und jetzt soll ich die Bagasche schon morgens um mich rumhaben – nein, also alles was recht ist...!«

»Es gibt Situatione, da kann mr net anders, da mueß mr eifach mache, was nötig ischt«, tönte Alfred hinter der Tür hervor. Die Klospülung ging. Kurz darauf trat Alfred heraus.

»Muß das denn wirklich sein?« sagte nun Mary etwas versöhnter. »Dein Bruder ist ja doch nicht grade der Ärmste. Der kann sich doch in einem Hotel einmieten!«

»Er will's ja net umsonscht – und schließlich habet mir ja auch Gästezimmer!«

»Auf das Geschäft kann ich verzichten!«

Alfred wurde zärtlich: »Ha, jetzt komm, Bärle!« Er faßte seine Mary unterm Kinn. Aber so schnell war sie nicht versöhnt. Sie drehte sich ab und entzog sich seinem zärtlichen Zugriff.

»Wenn du Geschwister hättescht«, redete Alfred weiter auf sie ein, »und dene wär so was Schlimmes passiert...«

»Wenn ich Geschwister hätte, wären die anders!«

»Naja, dr Eugen – aber d'Rosa...«

»Grad deine Lieblingsschwester Rosa! Vorgestern beim Bäcker. Die hat mich ganz genau gesehen, als ich reingekommen bin.« Sie machte Rosa nach, und selbst ihr Feind hätte ihr lassen müssen, daß sie das ausgezeichnet beherrschte: »Das ist ein Wetter. Des Jahr wills wieder amal gar net Sommer werde... Sind die Brezle von heut morge?... Oder sind se frisch? Sieben Stück bitte. Und ich soll auch von meiner Schwägerin grüße. Ach, machet Se lieber acht, mr kriegt vielleicht heut noch an B'such.«

»Als sie dann rausgegangen ist, hab ich gedacht, übersehen kann sie mich nicht. Ich war gespannt, wie sie reagiert. Schließlich mußte sie direkt an mir vorbei. Weißt du, was sie gesagt hat: ›So – au!?!‹ und ist abgerauscht wie die Gräfin Rotz.«

»Dann hat se wenigschtens nix Falsches g'sagt«, meinte Alfred. Er küßte Mary rasch auf die Wange, und diesmal ließ sie es sich, wenn auch widerstrebend, gefallen.

Alfred hatte kurz darauf den »Goldenen Adler« verlassen, und Mary kümmerte sich um die Wirtschaft. Sie nahm die Stühle von den Tischen herunter, wischte die Tischplatte mit einem nassen Lappen sauber, prüfte die Weinbestände und den Bierzapfhahn. Alfred mußte, sobald er zurückkam, ein neues Faß anstechen.

Hätte sie zum Fenster hinausgeschaut, sie hätte sich wahrlich gewundert. Auf ihrem Fahrrad rollte Rosa langsam vor dem Gasthaus vor. Sie stieg ab, lehnte ihren Drahtesel an die Treppe und besah sich das Anwesen mit kritischen Blicken. Zögernd ging sie die Treppe hinauf. Vor der Tür blieb sie einen Augenblick stehen. Noch hatte sie die Möglichkeit umzukehren. Aber dann legte sie

doch die Hand auf die Klinke und drückte sie energisch nieder.
Mary, die nun noch ein paar Gläser spülte, die vom letzten Abend übrig geblieben waren, sang leise vor sich hin.
»Ich hab noch Sand in den Schuhen von Hawaii«, trällerte sie gerade, als die Tür vorsichtig aufgestoßen wurde. Ohne hinzuschauen rief Mary: »Wir haben noch nicht offen! Können Sie nicht lesen?«
Rosa, die auf Zehenspitzen hereinkam, wirkte verlegen, aber auch entschlossen, diese Verlegenheit zu überwinden. Sie räusperte sich und sagte dann mit ihrer hohen, durchdringenden Stimme: »Grüß Gott, Fräulein Mary!«
Überrascht schaute die Wirtin auf, verbesserte dann Rosa aber prompt: »Wenn schon, dann bitte Frau...!«
Rosa machte ein paar kleine Schrittchen in Richtung Theke, blieb aber dann mitten im Raum verlegen stehen. »Ich hab denkt, ich guck amal rei, weil dr Alfred und dr Eugen habet ja irgendwas ausg'macht, nicht wahr.«
Sie fuhr nicht fort, sondern schaute sich neugierig um. Aber ihre Inspektion schien positiv auszufallen. »Ehrlich g'sagt, ich habs mir ganz anders vorg'stellt.«
Ironisch erwiderte Mary: »Uns reichts, wir sind damit zufrieden.«
»So hab ichs net g'meint! – Sie habet auch Gästezimmer, gell?«
»Also, können Sie doch nicht lesen – draußen steht ›Gasthof Goldener Adler‹!«
Wenn Rosa nicht wollte, konnte man sie auch nicht beleidigen. Heute hatte sie die Absicht, freundlich zu sein und, komme was da wolle, auch zu bleiben. Deshalb sagte sie jetzt mit ihrer lieblichsten Stimme: »Dät's Ihne was aus-

mache… ich mein, ich hätt die Zimmer ganz gern amal g'sehe…«
Mary wischte ihre Hände an einem Handtuch trocken. »Warum nicht, mir solls recht sein.«
Sie ging voraus die Treppe in den ersten Stock hinauf. Dort öffnete sie die Tür zu einem der Appartements. Es wirkte gediegen und geräumig. Im Zimmer standen zwei Betten an der Stirnwand, in einer kleinen Nische ein Schreibtisch mit einem gemütlichen Lehnstuhl davor; es gab eine Sitzecke aus drei Sesseln und einem kleinen runden Tischchen. Eine schmale Tür führte ins Bad, die andere in eine kleine, praktisch eingerichtete Küche, die freundlich weiß gekachelt war.
Rosa war beeindruckt, aber sie hätte sich eher die Zunge abgebissen, als dies deutlich werden zu lassen. Deshalb sagte sie nur ganz obenhin: »Ganz nett!«
»Besser als sein Ruf – oder?« entgegnete Mary.
»Ich weiß net, was Sie meinet. Aber ich hab ja net g'wußt… ich mein… irgendwie sind wir ja nie hierhergekomme…«
Mary sagte mehr zu sich als zu Rosa: »Aber jetzt sind Sie da – leider!«
Rosa hatte die kleine, gehässige Bemerkung wohl gehört, entschied sich aber dafür, so zu tun, als ob sie sie nicht vernommen hätte.

Elsbeth, Hemmerle, Sibylle und Karle waren im Gewölbekeller dabei, ihren verschiedenen Arbeiten nachzugehen. Elsbeth räumte die Reste des Vespers weg. Sibylle tippte auf einem improvisierten Schreibtisch, auf dem eine alte mechanische Schreibmaschine stand. Hemmerle und Karle packten Flaschen in Kartons. Elsbeth stellte das Tablett, das sie gerade wegtragen wollte, wieder hin.

»Also des geht mir net en Kopf! Wo doch alles mit dem Alfred besproche war!«
»Stur wie ein Ochsenbock isch'er!« ließ sich Karle vernehmen.
Sibylle hielt im Tippen inne. »Irgendwie müßte mr ihn doch überzeuge könne.«
»Oder wir schaffen einfach ein Fait accompli!« meinte Hemmerle.
»Was für a Deng?« wollte Karle wissen.
Elsbeth übersetzte: »›Eine vollendete Tatsache‹ meint der Herr Hemmerle. Dir dät's au nix schade, wenn de amal a bißle was für dei Bildung tun würdescht.«
Im gleichen Augenblick stürmte Alfred in den Keller – gut gelaunt, wie immer. »Hallo everybody – Grüß Gott mitnander!« Die Vier sahen ihm überrascht entgegen.
»Ich hab euch eigentlich schon heut früh erwartet.«
»Tja«, sagte Elsbeth, »und erstens kommt es manchmal anders, als man zweitens manchmal denkt.«
Alfred schaute vom einen zum andern. Ihm dämmerte gleich, worum es ging. »Hat er sich's nochmal anders überlegt, mein Herr Bruder?«
Das Schweigen der anderen konnte Alfred schon richtig deuten.
»Aber vielleicht finden wir doch noch a Lösung!« sagte Elsbeth.

Mary hatte Rosa verabschiedet. Näher gekommen waren sie sich bei diesem Besuch bestimmt nicht. Die Wirtin war danach an ihren Tresen zurückgekehrt, hatte ein Tablett mit Blumensträußchen vollgepackt und ging nun durch den Raum, um die Tische zu dekorieren. Da ging schon wieder die Tür auf. Automatisch rief Mary: »Zum Donnerwetter – wir haben noch zu!«

In der Tür erschien Eugen. Mary setzte überrascht das Tablett ab. »Oh, heut scheint Eisele-Tag zu sein.«
»Ischt der Alfred nicht da?« fragte Eugen.
Mary schüttelte den Kopf.
»Um so besser!« Eugen stolzierte durch den Raum und nickte ein paar Mal anerkennend. Sauber war es hier, ordentlich, der Raum mit Geschmack eingerichtet. Gutbürgerlich nannte man so etwas.
Obwohl er längst drin war, fragt Eugen: »Kann mr reinkomme?«
»Wenns sein muß – bitte!« Mary ging zum Tresen zurück. Eugen folgte ihr. Seine Blicke ruhten wohlgefällig auf den ausladenden Rundungen der Wirtin. Er fuhr sich mit der Zunge über die Lippen und brachte dann etwas stockend hervor: »Ich hab mir ja scho lang vorg'nomme...«
»Ach?!« unterbrach ihn Mary.
»Naja, mr kommt halt zu nix!«
»Und vor allem kommt man nie zu dem, was man sowieso nicht machen will.«
Eugen starrte seine Schwägerin in spe mit großen Augen an. Die blieb einem wohl nichts schuldig.
Dann sagte er: »Naja, wenn mr beinah mitnander verwandt ischt.«
»Ja, was wär dabei?« wollte Mary wissen.
»Sie wisset doch«, sagte Eugen mit einem knitzen Lächeln, »je näher verwandt, um so feinder einand, heißt's im Sprichwort. So g'sehe bin i ganz froh, daß wir nicht mitnander verwandt sind.«
»Wenigstens ehrlich sind Sie.«
»Und so sollten wir auch weiter mitnander umgehe«, sagte Eugen.
»Ist das ein Angebot?«

»Naja, schwätze könnt mr ja jetzt amal mitnander – hent Se vielleicht a Viertele Trollinger – trotz Ruhetag?«
Mary holte mit großer Selbstverständlichkeit eine Flasche hervor, entkorkte sie und goß ein Viertelesglas voll.

Im Gewölbekeller hatten inzwischen Elsbeth, Sibylle, Alfred, Hemmerle und Karl ihren Kriegsrat begonnen. Elsbeth war es nicht wohl bei dem, was da ausgeheckt wurde. »Also ohne daß dr Eugen des weiß, könnet mir des unmöglich annehme, Alfred«, sagte sie zu ihrem Schwager. Aber der wischte die Einwände mit einer großzügigen Bewegung vom Tisch. »Ja jetzt komm, Elsbeth, ich lad euch zum Esse ei, da wirscht du doch nicht die Erlaubnis von deim Mann brauche – du bischt doch au sonscht net so verschrocke!«
»Mir leget ihm an Zettel hin – so macht mr des in anständige Familie«, meinte Karle.
»Wo isch'er denn überhaupt hing'fahre an so einem Tag?« wollte Hemmerle wissen.
Aber niemand hatte eine Antwort darauf.
»Net amal an Zettel hat er nag'legt!« beschwerte sich Karl.
Rosa kam zurück. Sie umarmte ihren Bruder und sagte: »Ach Alfred, da bischt du, da kann ich ja im ›Goldene Adler‹ lang nach dir suche!«
»Du warscht im ›Goldene Adler‹?« fragte Elsbeth überrascht.
Sibylle sagte leise zu Karle: »Letzte Woche hat se no g'sagt: ›Keine zehn Gäul krieget mich da hinein!‹«
Karl gab ebenso leise zurück: »Tja, was goht mi mei saudomms G'schwätz von letzschter Woch a!«
Alfred unterrichtete seine Schwester Rosa vom Ergebnis des Kriegsrats. »Also, ihr kommet jetzt älle zum Esse zu

uns – mir hent heut Ruhetag, und den machet mir jetzt oifach zum Familientag!«
»Und was sagt dr Eugen dazu?« fragte Rosa.
»Der woiß nix davo, und des g'schieht em au grad recht!« sagte Karle.

Sie fuhren in zwei Autos. Alfred chauffierte die Damen Rosa, Elsbeth und Sibylle, während Karle Hemmerle mitgenommen hatte.
Die beiden Autos rollten auf den Parkplatz. Hätte Eugen seinen Daimler nicht versteckt in einer Seitengasse abgestellt, damit niemand im Dorf sagen konnte, es ziehe ihn zu seinem Bruder und seiner Schwägerin in spe in den »Goldenen Adler«, dann wäre seinen Angehörigen und seinen Mitarbeitern schon früher aufgegangen, daß Eugen ihnen einen Schritt voraus war.
So standen sie jetzt vor dem Gasthof, und Elsbeth sagte anerkennend zu Alfred: »Des sieht ja richtig gediegen aus! Also des hab i mir jetzt ganz anders vorg'stellt, Alfred.«
»Irgendwie fehlet dr Tante Elsbeth die rote Lampe!« kicherte Karle. Sie betraten die Gaststube und setzten sich, von Alfred geführt, an den großen Familientisch direkt am Kachelofen. In dieser Ecke wirkte alles behäbig und stabil. Die Bank, die um den Kachelofen lief, der mächtige Tisch aus massiver Eiche, die Stühle aus dem gleichen Material. Kaum hatten sie Platz genommen, da schwang die Tür zur Küche auf und Mary betrat den Raum mit einer dampfenden Suppenschüssel. Fröhlich rief Alfred: »Des ischt jetzt also meine... also d' Mary.«
Man begrüßte sich, blieb aber ziemlich reserviert. Elsbeth sagte entschuldigend: »Leider hat mein Mann nicht könne...« Aber der Satz erstarb ihr auf den Lippen. Denn

plötzlich stand Eugen in der Tür zur Küche. Er hatte ein Brotkörble in der Hand.
Elsbeth schluckte zwei, dreimal und rief dann: »Aber... aber... also Eugen... wo kommscht denn jetzt du auf einmal her?«
»Des siehsch doch, aus der Küche. I han denkt, einer muß ja den erschte Schritt mache.« Er ging zu Alfred hinüber und legte ihm brüderlich die Hand auf die Schulter. »Aber des hascht du ja scheint's au denkt!«
Elsbeth kam mit dem, was sie da erlebte, noch immer nicht zurecht. »Aber heut morge hascht doch noch laut und deutlich g'sagt...«
»Awa«, fuhr ihr Eugen in die Parade, »was goht mi mei saudomms G'schwätz von heut morga a.« Er setzte sich ganz selbstverständlich auf den Platz am Kopfende des Tisches. »An guete Appetit allerseits!«
Er zog die Suppenschüssel zu sich her und wieder einmal war alles klar: Egal, wo Eugen an einem Tisch saß, dort wo er saß, war allemal oben!

Eugen und Mary (Barbara Valentin)

Das Verhör

Eugens Nachbar, der alte Wilhelm Felger, war schon immer gern in den »Adler« gekommen, um sein tägliches Viertele oder auch zwei zu trinken. Seitdem die Familie Eisele in den Gasthof umgezogen war, sah man Felger noch häufiger an seinem Stammplatz sitzen. Nicht ohne Schadenfreude beobachtete er, wie es den Wengerters-Leuten anfänglich schwer fiel, sich in der neuen Umgebung zurechtzufinden. Vor allem Eugen hatte damit so seine Schwierigkeiten. Im »Adler« hatte Mary das Sagen. Und sie hatte nicht nur das Herz auf dem rechten Fleck, sondern auch ein Mundwerk, das sich gewaschen hatte. Der Umgang mit Männern verschiedenster Herkunft war ihr aus ihrem früheren Beruf geläufig. Mary blieb keinem eine Antwort schuldig.

An diesem Abend bestellte Felger gegen seine Gewohnheit ein drittes Viertele. Mary brachte es ihm und machte einen Strich auf den Untersetzer. Felger schaute an ihr hoch. Es war ihm anzusehen, wie sehr sie ihm gefiel. In der Tat war Mary eine auffallende Erscheinung – groß gewachsen mit einer üppigen, drallen Figur und einem puppenhaften, hübschen Gesicht. Felger griff mit einer vertraulichen Geste nach ihrer Hand und sagte: »Jetzt sitz au mal g'schwend da her, Mädle.«

»Ich hab aber nicht viel Zeit, Herr Felger.« Mary setzte sich auf die vordere Kante des Stuhles, wie jemand, der jederzeit bereit ist, aufzuspringen, wenn nach ihm gerufen wird.

Wilhelm Felger (Oskar Heiler)

»Hano, also, für en alte Stammgast ... ich ben ja abends scho hier g'sesse, da war der Alfred no a kleiner Bue!«
»Weiß der Eugen überhaupt, daß Sie bei uns Stammgast sind?«
»Dr Eugen? Des geht den doch nix a!«
Es war Felger anzumerken, daß ihm das Thema ein bißchen unbehaglich war. »Aber ... net wahr ...« fuhr er fort, »deshalb han i mit dir schwätze welle. Stemmt des denn, daß dr Eugen mit seiner ganzen Familie und seinem Betrieb bei euch eizoge ischt?«
»Wo hätte er denn sonst auch hin sollen? Wo er doch total abgebrannt gewesen ist?« sagte Mary.
Felger legte den Kopf schief und kniff ein Auge zu. »Ja, ja, für was so a Feuer alles guet sei kann!«
Am Nachbartisch saß der Polizeiobermeister Hans Weller – nichts Außergewöhnliches, denn auch er war Stammgast im »Adler«. Heute allerdings trug er seine Uniform, was darauf hindeutete, daß er möglicherweise in amtlicher Eigenschaft gekommen war. Als Felger seine zweideutige Bemerkung über das Feuer machte, rückte Weller etwas näher. Scheinheilig sagte er: »Sie habet ja wirklich nochmal Glück g'habt als Nachbar, daß der Brand net auch noch auf Ihr Anwese übergegriffe hat, Herr Felger.«
»Ja no, so kann mr des au net sage. Immerhin ischt mei schöner Zwetschgebaum verbrennt, und wenn dem Eugen sei Versicherung zahlt ...«
»Ja, wenn!!« sagte Weller bedeutungsschwer. »Die zahlt ja schließlich au bloß, wenn tatsächlich dr Blitz eig'schlage hat!«
Mary, die gerade aufstehen und zu ihrem Tresen zurückgehen wollte, ließ sich nochmal auf die Bank zurücksinken. Sie starrte Weller aus großen Augen an. »Was Sie da

andeuten…« aber weiter sprach sie nicht, da just in diesem Augenblick Eugen das Lokal betrat. Er ging zur Theke, schenkte sich von seinem eigenen Wein, den er in einem besonderen Schrank lagerte, ein Glas ein und schaute dabei mißtrauisch herüber.
Felger, der ihn nicht gleich bemerkte, rückte nun seinerseits näher an Weller heran. »Ja was? Gibt's da vielleicht Zweifel? Du bischt doch net am End dienstlich hier, Weller?«
Wellter tat wichtig. »Unsereiner ischt immer im Dienst!«
Felger hob sein Glas und sagte: »Unsereiner au!« Dann nahm er einen kräftigen Schluck, schmatzte ein wenig und schob nach: »Sozusagen!«
Mary erhob sich nun schnell und ging rasch zu Eugen hinüber. Leise, verschwörerisch flüsterte sie ihm zu: »Du, es sieht so aus, als wär der Weller wegen dir da!«
Eugen gab ebenso leise zurück: »Wege mir? Komm, schwätz net raus!«
»Also wenn du mich fragst – dann schnüffelt der wegen dem Brand hier rum!«
»Dr Weller? Ha, der kommt mr grad g'schliffe!«
Aber Eugen zeigte doch Wirkung. Plötzlich war er nervös und angespannt.
Als Mary sagte: »Es ist doch damals alles mit rechten Dingen zugegangen – oder nicht?«, da fuhr er sie wütend an: »Ermittelscht du etwa au?«
Eugen ließ Mary stehen und ging entschlossen zu Weller hinüber. Zunächst aber fixierte er Felger: »So, Wilhelm, bischt du Stammgast hier?«
»Ja, jetzt ben i no bald achtzig Jahr alt, und mir hat no nie oiner vorg'schriebe, wo i mei Viertele drenk!«
Weller sagte freundlich: »Grüß dich Gott, Eugen.«

Eugen tat so, als ob er den Polizisten jetzt erst bemerken würde. »Ja, was – der Herr Polizeiobermeister, und au no em volle Wichs!«
»Setz de doch g'schwend her«, sagte Weller, »ich müßt was mit dir ... also, ich hätt a paar Frage an dich.«
»Hascht eigentlich scho mal mein Trollinger vom letzschte Jahr probiert?« fragte Eugen. »I hab mr extra a paar Fläschle da herg'legt.« Er schnippste nach Mary und rief quer durchs Lokal: »Mary, noch a Viertele von meim eigene!«
Weller wehrte ab: »Im Dienst trinke ich nichts!«
»I scho!« Eugen nahm einen Schluck aus seinem Glas. »Jetzt komm, Weller, mach koine Ferz, 's verratet dich ja koiner!«
Aber da wurde Weller plötzlich dienstlich: »Name?« bellte er Eugen an.
»Hä?« Eugen konnte damit nichts anfangen.
»Familienname und Vorname!«
»Moinscht du mi, oder was?«
Felger beugte sich zu Mary hinüber, die gerade am Nebentisch servierte, und flüsterte ihr dramatisch zu: »Das Verhör beginnt!«
Weller wiederholte seine Frage nun heftiger: »Familienname? Vorname?«
Felger sagte wichtigtuerisch: »Eisele, Eugen!«
Aber da fuhr ihn der Wengerter schon an: »Du hältscht dei Gosch!« Und auch Weller sagte zu Felger: »Sie halten sich da raus!«
»Hano, hano! I ben an wichtiger Zeuge!«
»Aha, Sie habet also den Blitzschlag g'sehe?« fragte der Polizist.
Felgers Gesicht bekam einen verschlagenen Ausdruck. »Ebe net!«

Eugen schoß einen wütenden Blick zu Felger hinüber. Der beeilte sich hinzuzusetzen: »Om die Zeit schlaft ja a anständiger Mensch!«
»Aber doch net bei dem Krach!« wendete Weller ein.
»Wenn i mei Hörgerät net drin han, no könnet nebe mir d'Bombe krache, da hör i gar nix!«
Eugen sah Weller ärgerlich an. »Jetzt sag amal, Weller, Anton, was soll denn des da werde?«
»Der Fall muß untersucht werde! Mr muß nach jedem Brand a Protokoll aufnehme.«
»Also i dät bei mir da Blitz net eischlage lasse«, rief Felger dazwischen, »scho weil i d'Polizei net em Haus han möcht.«
Eugen wurde es langsam zuviel. »Wenn de jetzt dei domme Gosch net hältscht, schmeiß i de naus!«
Mary brachte das Viertele Trollinger für Weller, stellte es vor ihn hin, aber der schob es resolut zur Seite. Zu Felger sagte die Wirtin: »Nur keine Angst, das Hausrecht hier drin, da hab immer noch ich!«
»Wer da Schade hat, spottet wirklich jeder Beschreibung«, schimpfe Eugen. »Z'erscht brennt mr ab, und no hat mr net amal me ebbes zum sage!«
Felger, der sich nicht so leicht den Mund verbieten ließ, sagte hinterlistig: »Naja, manche werdet ja durch Schade klug, andere möchtet durch Schade gern reich werde, net wahr, Herr Weller!«

Elsbeth arbeitete währenddessen in der Küche. Sie putzte Gemüse. Ihre Schwägerin Rosa saß an einem kleinen Tischchen und las in der Zeitschrift »Bild der Frau mit Herz«. Ab und zu las sie Elsbeth einen Satz vor. Es war aber nicht zu erkennen, ob Elsbeth überhaupt zuhörte oder gar Interesse an dem Vorgelesenen hatte. Vom Lokal

her kam Mary herein. Kurz darauf erschien Hemmerle durch die Tür, die zum Keller hinabführte. Mary war richtig aufgeregt. »Des sieht aber gar nicht gut aus!« sagte sie.
Elsbeth bezog es auf ihr Gemüse und wurde sofort fuchtig. »Wieso? Des sind doch wunderbare frische Gelbe Rübe!«
»Des mein ich doch nicht! Draußen wird dein Eugen grade in die Mangel genommen – die Polizei ist da.«
Sofort gingen Rosa, Elsbeth und Hemmerle zur Durchreiche und spickelten hinaus ins Lokal. »Ach, des ischt doch bloß dr Weller!« sagte Rosa.
Mary wisperte: »Das schon, aber er ist ganz offiziell da. Von Amts wegen sozusagen. Irgendwas scheint nicht zu stimmen. Es geht um die Nacht, wo das Gewitter gewesen ist.«
»Haja«, sagte Elsbeth treuherzig, »sonst hätt ja wohl dr Blitz net eig'schlage.«
»Aber grad da gibt's wohl gewisse Zweifel.«
Rosa reagierte entsetzt. »Du moinscht…? Elsbeth! Um dr Gottes Wille!«
»Jetzt malet bloß da Teufel net an d'Wand«, erwiderte Elsbeth.

Weller hatte inzwischen Eugen an einen etwas abgelegenen Tisch gebeten, wo sie sich ungestört unterhalten konnten. Felger schaute böse zu ihnen herüber. Er fühlte sich ausgeschlossen. Weller sagte gerade: »So, da ischt es doch besser. Mr braucht ja bei so einer Vernehmung keine Zuhörer.«
»Vernehmung? Was heißt denn des, Vernehmung?«
Kühl sagte Weller: »Mir könnet des Verhör aber natürlich au gern auf der Wache fortsetze!«

»Jetzt sag amal...!«
Aber Weller ließ Eugen gar nicht zu Wort kommen. »Es gibt also keinerlei Beweise dafür, daß tatsächlich der Blitz eingeschlagen hat?«
»Ja, jetzt hör amal, es ischt plötzlich taghell worde, und gleichzeitig hat's en dondersmäßige Schlag do, daß mr denkt hat, d'Ohre flieget oim weg.«
»Des beweist gar nix. Spuren vom Einschlag?«
»I han koine g'sehe, aber vielleicht dr Brandmeister Heuschele – des ischt doch dem sei G'schäft...«
»Sind Sie versichert?«
»Saudomms G'schwätz, jeder, der a Haus hat, ischt feuerversichert«, fuhr Eugen den Polizisten an.
»Richtig, aber wie steht's mit Zusatzversicherunge?«
»I war scho emmer a vorsichtiger Mensch.«
Weller nickte ein paar Mal bedeutungsvoll und sagte dann: »Aha!«
Wichtigtuerisch machte er einen Eintrag in sein Buch.
»Was hoißt denn da ›aha‹ – also Anton, wenn du mir unterstelle willscht, ich hätt warm abbroche...«
Jetzt wurde Weller ganz amtlich: »Es steht mir nicht zu, Ihnen irgendetwas zu unterstellen, Herr Eisele, ich mache lediglich den Versuch, den tatsächlichen Hergang zu rekonstruieren, nicht wahr.«
»Ond da dazu muescht so g'schwolle daherschwätze?«

In der Küche wurde inzwischen großer Kriegsrat gehalten. Elsbeth, Rosa, Hemmerle und Mary steckten verschwörerisch die Köpfe zusammen.
Hemmerle, der wie immer das Gras wachsen hörte, sagte bedeutungsschwer: »Aus dem Gesichtswinkel hab ich's noch gar net g'sehe. Da fällt's einem ja wie Schuppe von de Auge! Letzte Woche hat dr Chef noch persönlich zu

mir g'sagt: ›Die ganz' Bilanz sollt mr am beschte verbrenne!‹«

»Und als mir über da Umbau g'sproche habet«, wußte Rosa zu berichten, »hat er g'sagt: ›Da wartet mr no a bißle – ich hab da was ganz B'sonders im Aug‹.«

Karl, der inzwischen ebenfalls hinzugekommen war, wußte auch etwas beizutragen: »Zu mir hat er g'sagt: ›Wenn no a siadichs Donderwetter... aber net wahr, Blitz ond Hagel kannscht net selber mache!«

Sogar Elsbeth wurde plötzlich nachdenklich. »Ich hab ihm am Abend vorher noch a zweite Decke über d'Füeß lege wolle, und da hat er doch tatsächlich g'sagt: ›Laß no, Elsbeth, heut nacht wird's mr bestimmt net z'kalt!‹«

Felger kam herein. »So – da send ihr ja«, trompetete er. »Der Weller hat den Eugen ganz schö em Schwitzkaschte!« Die Vorstellung schien ihm Freude zu machen, denn er strahlte über das ganze Gesicht.

»Ja, ja – sobald a Polizischt sei Uniform anzieht, ischt er koi Mensch me«, sagte Karle, »au wenn du no so guet mit'em bekannt bischt.«

»Mir ischt des glei net geheuer g'wese«, meinte Felger. »Wenn dr Blitz obe neischlägt, ond onde im Büro brennt's z'erscht!«

»Haja, des ischt halt so«, wußte Rosa. »Feuer kann's immer bloß dort gebe, wo's au was zu brenne gibt. Oder net?«

Elsbeth war jetzt völlig durcheinander. Sie schaute ratlos vom einen zum andern und sagte schließlich: »Was soll des bloß no werde? Was kommt da bloß noch auf uns zu!«

Währenddessen ging das Verhör draußen im Lokal weiter. Weller versuchte gerade Eugen zu beruhigen: »Jetzt reget Se sich doch net so auf, Herr Eisele, wenn Sie nix zu verberge habet...«

Weiter kam er nicht, denn Eugen haute mit der flachen Hand auf den Tisch, daß die Gläser hochsprangen. »Mr kennt euch Büttel doch, ihr hänget oim au ebbes a, wenn mr gar nix verbroche hat!«

»Ich verwahre mich auf das Entschiedenste gegen solche Unterstellungen!« schrie Weller so laut, daß die meisten Gäste im Lokal interessiert herüberschauten. In diesem Augenblick ging die Tür auf, und der Brandmeister Heuschele betrat die Gaststube. Er sah sich suchend um und ging dann schnurstracks auf die beiden Kampfhähne zu. Eugen schrie keinen Deut weniger laut zurück: »Ich verwahre mich gegen die Unterstellung, daß ich...«

»Wer schreit, hat Unrecht!« brüllte Weller.

»No müeßtescht du ja von morgens bis abends schreie!« giftete Eugen zurück.

»Es wär schließlich nicht das erste Mal, daß einer ein schweres Gewitter benutzt, um einen Blitzschlag vorzutäuschen!«, schnauzte Weller.

»Zum Glück g'hört dr Eugen da net dazu!« sagte Heuschele, der in diesem Moment den Tisch der beiden erreichte, in aller Gemütsruhe. Weller hob ruckartig den Kopf. »Hä? Was isch?«

»Wir sind grad mit unsere Untersuchunge fertig worde«, sagte Heuschele, »und da wollt ich doch schnell vorbeikomme und dir, Eugen, Bescheid gebe. Der Blitzschlag ist eindeutig die Brandursache, da gibt's gar nix. Mr kann sogar verfolge, wie er durchs Haus g'fahre ischt. Obe rei nebem Kamin, na durch d'Bühne und am Wasserrohr nonder durch's Klo sei no froh, Eugen, daß du net drufg'sesse bischt, sonscht hätt di dr Blitz glatt no beim Scheiße troffe!«

Eugen war unglaublich erleichtert. Er strahlte über das ganze Gesicht und schaute Weller triumphierend an. Mit ausgestrecktem Arm zeigte er auf Heuschele: »Des ischt an Brandmeischter, ha!«

Heuschele setzte sich zu den beiden. »Ach, hat dich der Herr Polizeiobermeister verdächtigt?«

Felger war wieder aus der Küche gekommen und trat nun neugierig an den Tisch. Auch Elsbeth gesellte sich zu den Männern. Heuschele winkte ab. »Wenn oiner warm abbreche will, isch so an Blitzschlag sowieso völlig ungeeignet – da gibt's bloß ois!«

Er machte eine Kunstpause, wohlwissend, daß er nun die Aufmerksamkeit aller Anwesenden hatte, die ihn nun auch ohne Ausnahme mit großen Augen fragend anschauten. Wichtigtuerisch hob Heuschele den Zeigefinger und sagte: »Ich sag bloß oins: Pommes Frites!«

Felger sah zu Elsbeth auf. »Aber ihr esset doch bloß Spätzle!«

Elsbeth winkte nur ab. Sie hatte Heuschele durchaus verstanden. Weller und Eugen fragten wie mit einer Stimme: »Pommes Frites?«

Heuschele machte eine gewaltige Bewegung und gab dazu einen Laut von sich: »Ppppffffwwwwuuuummmm – heißes Öl isch feuermäßig a totsichere Sach! Aber bei euch war's ja eindeutig dr Blitz!«

Eugen sah Weller von der Seite an: »Grad schad, gell, Weller Anton. Du könntescht oim beinah a bißle leid do!«

Der Blitzableiter

Eigentlich war dies die Zeit, in der Eugen seine Siesta hielt. Seitdem ihm jemand erklärt hatte, die Südländer seien fröhlicher, würden älter und hätten einfach viel mehr vom Leben, weil sie täglich am frühen Nachmittag ein Stündchen ruhten, tat er es ihnen gleich. Ihm hatte auch eingeleuchtet, daß der natürliche Tagesrhythmus gerade beim älteren Menschen eine Ruhepause um diese Zeit vorsah. Kurz und gut, zur Verwunderung seiner Mitarbeiter und seiner Familie hielt Eugen seit ein paar Wochen jeden Tag einen Mittagsschlaf.

Aber heute war er hellwach, obwohl es gerade halb zwei Uhr war, also just jene Zeit, in der er sonst zu ruhen pflegte. Es hielt ihn nicht mal am Familientisch in der Gaststube. Wie ein Tiger im Käfig rannte er auf und ab – amüsiert beobachtet vom Flaschnermeister Böpple, der seinerseits ganz ruhig am Stammtisch saß und sein Viertele Trollinger schlotzte.

»Des hättet Sie mir sage müsse«, röhrte Eugen, »daß i en Blitzableiter brauch!«

»Wenn Sie amal zwanzig Jahr Handwerker send, machet Sie d'Kundschaft auf nix mehr aufmerksam«, antwortete der Flaschner ruhig.

»Ja, ischt des denn au a Berufsauffassung?«

»Des ischt die oinzig richtig Berufsauffassung: I mach, was mr mir sagt, no kann i nachher au an nix schuldig sei!«

Eugen war der Verzweiflung nahe. »Und wenn jetzt mei

Versicherung net zahlt, bloß weil i koin Blitzableiter g'het han?!«
Böpple sah ihn mit schief gelegtem Kopf an: »Noja, so guet kenn i mi da au net aus, aber 's könnt natürlich passiere.«
»Des darf net passiere!!« Eugen schien kurz vor einem Herzinfarkt zu stehen.
Böpple konnte keinerlei Mitgefühl aufbringen. »Tja, so ischt des«, sagte er, »mr schließt a Versicherung ab, ond erscht nachher saget dia oim, was es älles für Gründ gibt, daß sie net zahle müsset!«
»Ond ausg'rechnet heut mittag kommt die Versicherungsagentin!«
Zum ersten Mal hob der Flaschnermeister den Kopf. »Was denn – a Frau? Au, des ischt letz!«
Eugen seufzte. »Des isches ja. Früher hascht en Vertreter g'het – des ischt ebbes für's Lebe g'wese, fascht wie eine Ehe, net wahr, ond jetzt schicket se dr a Weib!«

Karl und Hemmerle hatten inzwischen damit begonnen, in einem der Appartements des Gasthofs zum »Goldenen Adler« ein Büro einzurichten. Karls heißester Wunsch, man möge ihm das Billardzimmer überlassen, war nicht in Erfüllung gegangen. Er hatte sich das so schön vorgestellt, so zwischendurch zur Entspannung mal ein paar Stöße zu tun. Aber Eugen hatte das kategorisch abgelehnt. So ein Tisch, meinte er, sei durch seine bloße Existenz schon eine Herausforderung zur Vernachlässigung der Arbeit. Auch deshalb schimpfte Karle lauter, als das sonst seine Art war:
»Net amal a Telefon! Wie soll denn da dr Vertrieb laufe, wenn i jedesmal en d'Wirtschaft nonder mueß zum Telefoniere!«

Es sei ja nur »ein Interregnum«, beruhigte ihn Hemmerle.
»A was?«
»Ein Übergang sozusage. Wenn die Versicherung erscht amal zahlt ...«
»*Wenn* se zahlt!« Karle hob wichtig den Zeigefinger.
Hemmerle erschrak. »Mach mr bitte kei onnötige Angscht!«
»Sie wisset doch, Herr Hemmerle, dr Onkel Eugen spart, ob's was brengt oder net. Au am Blitzableiter hat er g'schpart.«
»Oh du liabs Herrgöttle von Biberach«, entfuhr es Hemmerle, »wia hent di d'Mucke verschisse!«

Eugen hatte aufgehört zu jammern. Jetzt machte er sich daran, Auswege zu finden. »Des kann mr noch dem Jesesbrand doch gar nemme feschtstelle, ob da a Blitzableiter drauf war oder net«, rief er, »'s liegt doch älles in Schutt und Asche!«
»Die heutige Sachverständige, die leset aus dr Asche ond aus em Rueß no raus, wieviel Viertele Sie an dem Abend g'het hent!« belehrte ihn Böpple. »Ond außerdem dätet se ja sicher au mi frage!«
»Erschtens ischt bis heut no koi Sachverständiger da g'wese«, sagte Eugen »und zweitens – hent Sie net überhaupt damals en Blitzableiter montiert?«
»I?« Böpple sah Eugen aus zusammengekniffenen Augen an. »Sie moinet ...«
»Ich frage Sie!« sagte Eugen in seinem besten Hochdeutsch. Dabei holte er aus seinem abgegriffenen Geldbeutel einen Hundertmarkschein heraus und schob ihn verstohlen über den Tisch. Böpple legte behutsam eine Hand auf den Schein, nahm ihn aber nicht an sich. Erst

nach einer ganzen Weile sagte er: »Also – mit dem bescht Wille – ich kann mich net erinnere!«
Eugen holte mit schmerzbewegtem Gesicht einen weiteren Hunderter heraus. Böpple hob die Hand grade so hoch, daß Eugen die Geldnote drunterschieben konnte. Jetzt wiegte Böpple seinen schweren Kopf gewichtig hin und her. »Tja, irgendebbes ischt da doch g'wese... könnt sei...«
Eugen schob schweren Herzens noch einen Schein hinterher.
»Doch, i glaub, da war oiner, oder doch net...?«
Einen Fünfziger opferte Eugen noch.
Plötzlich ging ein Strahlen über Böpples Gesicht. »Jetzt woiß i's wieder«, trompetete er, »ja freilich. I fahr glei nachher naus zu Ihrer Ruine, vielleicht fend i ihn ja sogar wieder.«
Eugen atmete auf. »Sie findet ihn bestimmt wieder, ganz bestimmt!«
Aber plötzlich schien Böpple von neuen schweren Zweifeln befallen zu werden.
»Also guet!« brummte Eugen, »da, Sie Blutsauger!« Ein letzter Fünfziger wechselte den Besitzer.
»Jetzt ben i sicher. Des ka ja koi Hexewerk sei!« Böpple nuckelte genüßlich an seinem Viertele, machte aber keine Anstalten, zu gehen.
»Also!« Eugen schaute den Flaschner auffordernd an.
»Mei Viertele werd i ja wohl no in Ruhe ausdrenke könne. 'S brennt ja nix a!« Er lachte nur selber über seinen Scherz und fügte zum besseren Verständnis noch hinzu: »Jetzt wenigschtens nemme!«
Böpple verstaute das Geld in seiner Hosentasche. Eugen maulte: »D'Handwerker send heut au nemme so billig, wie se amal waret.«

Der Flaschner streichelte das Geld in seiner Tasche und sagte mit einem knitzen Lächeln: »Vielleicht hemmer ja sogar zwei Blitzableiter montiert, damals...«
Aber da fuhr ihm dann Eugen doch resolut in die Parade: »Oiner langt – bei dene Preis!«

Endlich ging der Flaschnermeister Böpple. Eugen schaute auf die Uhr. Auf 15 Uhr hatte sich die Agentin der Versicherung angemeldet, das hätte noch für ein kleines Schläfchen gereicht, aber er wollte empfangsbereit sein, wenn sie kam. Wenn er womöglich verschlief... nicht auszudenken. Also holte er sich ein Viertele von seinem eigenen Trollinger und die Zeitung. Als er sich aus dem Vorrat seiner eigenen Flaschen versorgte, kam sein Bruder Alfred herein. Er fuhr sich rasch mit einem Taschenkamm durch's Haar, obwohl das wirklich nicht nötig war, und fragte: »Isch se scho da?«
»Erscht om drei!«
»So, i han g'moint, om halber drei, naja, wenn des so ischt...« Damit ging er wieder hinaus.
Eugen machte es sich am Stammtisch bequem. Niemand konnte von ihm erwarten, daß er arbeitete, wenn er so wichtige Verhandlungen vorzubereiten hatte. Er zog die Versicherungsakte zu sich heran und las nun wohl schon zum hundertsten Mal den Satz: »Der Versicherungsschutz gegen die genannten Elementarereignisse setzt voraus, daß der Schaden nachweislich die unvermeidbare Folge der Einwirkung eines Elementarereignisses ist...«
Er nahm einen kräftigen Schluck – in der Hoffnung, dann besser zu verstehen, was damit gemeint war. Die Tür ging auf. Eine zierliche junge Frau kam herein und sah sich forschend um. Eugen sprang auf und eilte ihr entgegen.

Die junge Frau sagte ein wenig unsicher: »Ich such einen Herrn Eisele!«
»Ja, das bin ich persönlich, beziehungsweise, ich bin es selbst. Des ischt jetzt aber recht! Ich find's richtig nett, daß Sie sich extra selber herbemühet, und au no so prompt!«
Die junge Frau sah ihn ein bißchen befremdet an und sagte dann: »Naja, mir waret ja schließlich verabredet.«
»Ja freilich, klar«, beeilte sich Eugen, zu sagen. »Jetzt nemmet Se no Platz – möchtet Sie vielleicht a Viertele?«
»Des wär aber net nötig«, sagte die junge Frau, »aber wenn's keine Umständ macht, dät i gern en Kaffee drenke!«
»Des macht nix weniger als Umständ«, sagte Eugen. Dann brüllte er: »Mary! Kundschaft. En Kaffee für die Dame!«
Mary kam aus der Küche.
»Ist des d'Chefin?« fragte die junge Frau.
Eugen nickte und rief dann zu Mary hinüber: »En b'sonders guete Kaffee, Mary, mir müsset die Dame gnädig stimme, net wahr.«
Die junge Frau sagte erstaunt: »Ja warum denn jetzt au des? Ischt des so schlimm, was hier auf mich zukommt?«
Eugen sah sie an: »Des liegt ja mehr bei Ihne, wenn ich des richtig seh!«
»I mach mei G'schäft wie mir's ang'wiese wird!«
»Ond ich hab denkt, sie hättet gewisse Entscheidungsbefugnisse.«
»Darüber müßtet mir zwei ja vielleicht erscht amal verhandle!«
Eugen war ein bißchen verwirrt. Daß man mit Versicherungsagenten auch feilschen konnte, war ihm neu. Er

sucht nach den richtigen Worten. »Versteh ich Sie da richtig…, also, des dät ja dann heiße… kann ich da was anbiete oder wie oder was?«
»Sie brauchet mir doch bloß sage, was i verdien!«
Eugen war nun doch vollends perplex. »Also Sie machet jo koine große Omweg«, sagte er. »Des kommt, ehrlich g'sagt, a bißle plötzlich für mich. I hab mir da natürlich jetzt no gar koine Gedanke g'macht.«
»Also in dr Regel krieg ich a Fixum und dann natürlich meine Prozente!«
»Prozente? Ja om dr Gottes Wille, wieviel denn?«
»Ha zehn, des ischt doch überall so!«
Eugen schnappte nach Luft. Sein Schaden war auf gut und gerne anderthalb Millionen Mark geschätzt worden. Wollte die davon tatsächlich hundertfünfzigtausend Mark? »Also bei einem solchen Betrag, des halt ich dann doch, also wirklich Frau, ah…«
Aber die junge Frau hatte ihm gar nicht richtig zugehört. »'S Trinkgeld wär natürlich mei Sach«, sagte sie jetzt, »des hängt ja schließlich auch davon ab, wie g'schickt ich mich anstell, net wahr…«
Eugen riß Mund und Augen auf. In welcher Welt lebte er eigentlich?
In diesem Augenblick betrat Frau Maria Pfleiderer, die Versicherungsagentin, den Raum – eine Dame um die Fünfzig, dezent elegant gekleidet. Ihr Auftreten wirkte selbstbewußt, sachlich, um nicht zu sagen streng. »Grüß Gott, ich such den Herrn Eisele«, rief sie von der Tür her.
Mary war ihr entgegengegangen. »Welchen – wir haben zwei, den Alfred und den Eugen.«
»Na den, der abgebrannt ist!«
Jetzt hatte auch Eugen begriffen – halbwegs wenigstens.

Die junge Frau reagierte sauer: »Ach so, Sie habet mehrere Bewerberinne. Des hat mr mir aber anders g'sagt am Telefon!«
Eugen fuhr sie an: »Sie send also gar net von dr Versicherung?«
»I? Jetzt machet Se bloß net 's Michele mit mir, gell! Z'erscht send Se katzefreundlich ond jetzt – also i glaub, des ischt koi Schtell für mich!«
Sie stand auf und wollte gehen, wurde von Mary aber abgefangen. »Das ist ein Mißverständnis, Fräulein – wie heißen Sie denn?«
»Evelyn!«
»Ich erklär's Ihnen«, sagte Mary freundlich, »kommen Sie, wir gehen in die Küche!«
Die beiden verschwanden, und schon bald hörte man sie aus der Küche herzhaft lachen. Eugen aber hatte große Probleme, seine Fassung wieder zu erlangen. Er war inzwischen auf Frau Pfleiderer zugegangen und machte nun eine linkische Verbeugung und eine einladende Geste Richtung Stammtisch. Er schob Frau Pfleiderer die Tasse Kaffee zu, die Evelyn nicht angerührt hatte. Nun stellte sich auch seine gewohnte Schlitzohrigkeit wieder ein. »Ich hab schon amal en Kaffee für Sie mache lasse, Frau... äh...«
»Pfleiderer von der Securacuranz-Feuer.«
Sie setzte sich und breitete einen Fragebogen auf dem Tisch aus. Auch Eugen ließ sich zögernd nieder.
»Muß ja ein ziemlicher Schock für Sie gewesen sein«, sagte Frau Pfleiderer.
»Schock? Ach so, ja, Schock – also Schock ischt gar koi Ausdruck – des war... also eine Katastrophe war des!«
»Vielleicht kann ich ein paar Fragen vorab...?«
»Bitte, bitte, fraget Se no. Mei Vadder hat scho emmer

g'sagt, es gibt keine domme Frage, es gibt nur domme Antworte!«

Einen Augenblick lang schaute ihn die Versicherungsagentin indigniert an. Dann tippte sie mit ihrem penibel gespitzten Bleistift auf die erste Frage: »Hatten Sie eine Blitzschutzanlage?«

»Eine ...? Ach so, Sie meinet en Blitzableiter? Ja freilich. Aber sicher. Ond was für oin! En wunderbare Blitzableiter habet mir g'habt, aber der Blitz hat ja net so do, wia er hätt solle!«

»Ja, das gibt's«, Frau Pfleiderer mußte unwillkürlich lächeln, »der Blitz läßt sich leider nicht vorschreiben, wo er einschlagen soll, auch nicht von einem Blitzableiter. Das war auch mehr eine Frage für die Statistik.«

Eugen starrte sie an. Der Mund blieb ihm offen stehen. Schließlich brachte er hervor: »Was saget Sie da – mehr... mehr für die Statistik? Ja, jetzt saget Se amal, was wär denn g'wese, wenn ich keine Blitzschutz ... also keinen Blitzschutzableiter gebaut ... hätte bauen lassen?«

»Für die Auszahlung der Versicherung ist das ohne Bedeutung, Herr Eisele.«

»Ischt das ohne... *Was* ischt des? Ohne Bedeutung? Ond ich Granateallmachtsprachtsdackel zahl dem...«, er fing sich gerade noch rechtzeitig, »...also ich zahl dem Flaschner 400 Mark dafür, daß er... daß er... also dafür, daß er den Blitzableiter überprüft!«

»Ein Fehler war das auf keinen Fall«, versuchte ihn Frau Pfleiderer zu beruhigen.

Wie kam diese Frau dazu, zu behaupten, es sei kein Fehler, 400 Mark für nichts und wieder nichts auszugeben? Eugen starrte sie sprachlos an – so lange, bis sie sagte: »Was haben Sie denn?«

In diesem Augenblick betrat Böpple den Gastraum und enthob Eugen einer Antwort. Die Versicherungsagentin kannte offensichtlich den Meister. »Ach, der Herr Böpple hat Ihre Blitzschutzanlage gewartet? Ein ausgezeichneter Mann!«

»Ja, so kann mr au sage!« brachte Eugen bitter hervor.

Böpple trat an den Tisch. Er schob einen Zettel vor Eugen hin. »So, des wär no die Rechnung!« Er grüßte Frau Pfleiderer freundlich und setzt dann noch hinzu: »Handwerkerrechnung, zahlbar sofort!«

»Was denn für a Rechnung?« wollte Eugen wissen.

Böpple wendete sich an Frau Pfleiderer: »Wisset Se, erscht vor sechs Woche han i ihm no sein Blitzableiter g'richtet – mr hat einiges erneuere müsse und so ...«

Er wurde von Eugen unterbrochen, der mit ungläubigem Geischt vorlas: »Überprüfung der Blitzschutzanlage Anwesen Eisele ... fünf Meisterstunden ... Materialkosten ...«

»Fachberatung nicht gerechnet«, warf Böpple ein, »i han's human g'macht, mr kennt sich ja, net wahr!«

Eugen schickte seinen bösesten Blick Richtung Böpple, was den freilich nur wenig zu beeindrucken schien. »Das ist doch«, brachte Eugen schließlich hervor. »Also das ist doch ...«

»Ja, in seinen Preisen ist der Herr Böpple zivil«, warf Frau Pfleiderer ein.

»620 Mark ond 90 Pfennig für einen Blitzableiter, der gar net ...« Eugen unterbrach sich. Er begriff seine ausweglose Situation durchaus.

»Ja«, sagte Böpple, »umsonst isch dr Dot!«

Der Schicksalsschlag

Draußen war es noch trüb.
In der Gaststube fand die tägliche Morgenrockparade statt. Elsbeth, Rosa, Mary und Eugen saßen beim Frühstück.
Alfred fehlte.
Elsbeth und Eugen waren in unauffälliges, einfarbiges Frottee gewickelt. Rosa trug etwas Gestepptes, das durch ein zartrosa Müsterchen aufgelockert wurde. Mary hatte ihre edle Fülle in einen seidig glänzenden Fummel gehüllt, auf dem grellbunte, kinderkopfgroße Blüten wild durcheinanderrankten.
Eugen konnte machen, was er wollte, ums Verrecken blieb sein Blick immer wieder an Marys Ausschnitt hängen. Selber schuld, wenn sie ihm ausgerechnet gegenübersitzen mußte.
Die drei Damen nahmen Eugens Sehstörungen ohne große Anteilnahme zur Kenntnis.
Rosa hatte sich für den frühen Morgen ein ganz heißes Thema ausgesucht. Sie sprach über Verhältnisse. Am liebsten hätte sie sich selbstverständlich das Maul über Mary und Alfred zerrissen. Da sie sich das aber in Marys Gegenwart nicht traute, hatte sie sich Evelyn, die Kellnerin, und deren spanischen Freund José vorgenommen. »Also, ich dät mich mit so ama fremdländische Mensche net eilasse. Noi. Des wär mir z'kompliziert.« Dabei führte sie ihre Kaffeetasse an die gespitzten Lippen und spreizte den kleinen Finger gewaltig ab.

»Für di isch des ja au koi Thema.« Eugen war für jedes Stichwort dankbar, das ihn von Marys Busen ablenkte. Rosa stellte ihre Tasse klirrend ab. Der Kaffee schwappte über. Eugen schob sich den Rest seines Brötchens in den Mund und schaute seiner Schwester voller Schadenfreude ins Gesicht.

Elsbeth sagte ganz obenhin: »So ein Eisele kann au ganz schön anstrengend sei, au wenn er koi Schpanier ischt.«

Marys Augen blitzten auf. »Ja, Elsbeth, hast du das nicht gewußt? Die Schwaben sind doch die Spanier Deutschlands!«

Alle lachten, und Rosa fragte Mary betont harmlos: »Wo ischt'n überhaupt deiner?«

In diesem Augenblick ging draußen die Haustür. Mary machte eine Kopfbewegung in Richtung Gang: »Auf der Jagd. Jetzt wird er kommen. Hoffentlich hat er seinen Bock endlich geschossen.«

Mary stand auf, um ein Gedeck für Alfred zu holen. Eugen konnte nicht verhindern, daß er ihr wohlgefällig hinterhersah.

Elsbeth sagte mit verhaltener Stimme: »Paß du bloß auf, daß dir d'Auge net aus'em Kopf fallet!«

»Mir fallt nix raus.« Eugen machte eine falsche Bewegung. Ein ganzer Klumpen Gsälz lief von seinem Brötchen über seine Fingerspitzen auf die Tischdecke.

Rosa schüttelte mißbilligend den Kopf und blickte in die Richtung, in die Mary verschwunden war. »Also ich find des ja scho a bißle gewagt, also *ich* könnt so net rumlaufe.«

Die Tür zur Gaststube ging auf, aber herein kam nicht Alfred, sondern Evelyn. Mary stellte das Gedeck, das sie aus der Küche geholt hatte, enttäuscht auf dem Tresen ab.

Evelyn hatte allerbeste Laune. »Allerseits en wunderschöne guete Morge.«
Die drei Eiseles am Tisch gaben sich etwas geniert und zupften nervös an ihren Mänteln. Ihre Antwort auf Evelyns fröhlichen Gutenmorgengruß klang etwas verhalten.
Evelyn fragte überrascht: »Entschuldigung. Stör ich vielleicht?«
Mary schüttelte den Kopf. »Ach woher denn. Bist du aus dem Bett gepurzelt?«
»Mei José hat mich abg'setzt. Der schafft zur Zeit Frühschicht.«
Mary setzte sich wieder auf ihren Platz. Auch die Eiseles hatten sich inzwischen gefangen.
»Jetzt guck da na, Frühschicht.« Rosa nickte Elsbeth zu, als würde sie das ganz besonders beeindrucken, dann schaute sie Evelyn listig an: »Sag amal, hent dir vorhin net d'Ohre klingelt, grad habe mr's von euch beide g'habt.«
Evelyn reagierte schnippisch: »Des wird scho so ebbes g'wese sei. Meine Nachber verreißet sich au scho 's Maul!« Sie drehte sich um und ging zum Tresen, um sich auch einen Kaffee zu holen.
Elsbeth ärgerte sich über den Ton. »Des wird ja wohl net so schlimm sei, wenn mr sich a paar Gedanke macht!«
Evelyn zuckte mit den Schultern: »Bitte!«
Elsbeth lenkte ein. »Hascht des übrigens scho g'wußt, Evelyn, daß die Schwaben die Spanier Deutschlands sind?«
Evelyn lachte: »Des ischt ja prima. Koi Wunder passet mir so gut z'samme, mei José ond i.«
Draußen ging wieder die Tür. Mary horchte auf.
Eine Männerstimme rief: »Hallo! Isch ebber dahoim?«

Alle schauten sich fragend an. Auch Eugen erkannte die Stimme nicht.
»Wer ischt denn jetzt au des?«
Alle schauten zur Tür. Nichts rührte sich. Mary fuhr Evelyn an. Sie war plötzlich nervös. »Ja jetzt! Guck doch mal, wer das ist?«
Evelyn ging rasch zur Tür und öffnete sie vorsichtig einen Spalt weit. Nachdem sie gesehen hatte, wer draußen stand, war sie beruhigt. »Ach Sie, Herr Dinkel. Mir habet aber no net offe. Komme Se halt amal rei.«
Hugo Dinkel kam zögernd herein. Er war einer der letzten Landwirte in Weiningen, Nebenerwerbslandwirt. Früher sagte man Feierabendlandwirt. Aber Hugo Dinkel holte das Futter für sein Vieh immer morgens, bevor er zur Arbeit ging. Tagsüber arbeitete er als Zimmermann. Er war ein großer, starker Mann mit einem Kreuz wie ein Waagscheit. Jetzt stand er da, talgte seine speckige Mütze in den Händen herum und wußte nicht, wo er anfangen sollte.
Mary war totenbleich geworden.
Eugen hatte plötzlich einen Klumpen im Hals. »Hugo? Hugo? Was isch? Isch ebbes passiert? Schwätz doch!« Er drückte den Bauern auf einen Stuhl.
Mühsam begann Hugo Dinkel zu reden. »Ebbes Furchtbars – dei Alfred! I fahr heut morge naus zum Fueter hole – en da Soßberg nom – ond net wahr, da kommt mr ja a an dem Hochstand vorbei – halt da wo's zom Bausch nuff goht, woisch ja – ond plötzlich denk i – hano, ja Sappermost, was isch denn da mit dem Hochstand passiert...?« Dinkel schaute ratlos in die Runde.
Eugen hielt es nicht mehr aus. »Hugo, jetzt schwätz doch, was isch mit'm Alfred?«
Dinkel machte eine hilflose Geste. »I sag's doch grad.«

Mary brachte vor Entsetzen fast keinen Ton heraus: »Ist er tot?«
Dinkel machte eine abwehrende Geste. »Noi. – No net! Irgendwie ischt dr Hochstand zammabroche, ond no ischt scheints sei G'wehr losgange...«
In diesem Augenblick läutete das Telefon.
»Des wird wahrscheinlich scho 's Krankehaus sei.«
Mary sprang auf und hastete an den Apparat.
Dinkel schaute kläglich in die Runde. »Hent ihr mir en Schnaps?«
»Ha freile!« Evelyn war froh, daß sie etwas tun konnte.
Die andern saßen wie versteinert.

Alfred lag auf der Intensivstation. Sein Körper war durch Kabel und Schläuche mit Tropfs und Apparaturen verbunden.
Mary und Eugen waren bei ihm. Sie saßen links und rechts am Bett.
Mary hielt Alfreds Hand ganz vorsichtig. Alfred war bei Bewußtsein. Mühsam drehte er etwas den Kopf und suchte Eugens Blick. »Shit!« Es klang wie ein Seufzer. Zum Schimpfen fehlte ihm die Kraft.
Eugen versuchte ein bißchen gut Wetter zu machen. »Ha, da kascht doch jetzt du nix drfür, wenn des Scheißding oifach so mir nix, dir nix zammanabricht, die Denger sind doch älle liedrich zammag'nagelt.«
Mary nahm ihr Taschentuch und wischte sich die Augen.
Alfred sagte schwach: »Also, des sieht net guet aus!«
Mary schluchzte: »Oh Alfred, du sollst doch nicht sprechen!« Sie tupfte Alfred mit ihrem tränenfeuchten Taschentuch den Schweiß von der Stirn.
Eugen stand hastig auf. »I bin glei wieder da.« Auf Ze-

henspitzen ging er hinaus und zog die Tür geräuschlos hinter sich ins Schloß.
Alfred schaute Mary an. Er versuchte zu lächeln. »Da warscht zwanzig Jahr en Amerika, ond na stirbscht dahoim wege so ama Blödsenn!«
»Alfred, sag doch so was nicht!« Mary weinte.

Eugen stand auf dem Flur vor der Intensivstation. Er sprach mit dem Arzt. Eugen war außer sich. Er fuhr den Arzt an: »Des könnet Se doch net oifach so sage, Herr Doktor. Des geht doch net!«
Der Arzt blieb ganz ruhig. Mitfühlend sagte er: »Sie haben mich gefragt, Herr Eisele. Ich muß Ihnen die Wahrheit sagen. Sie sind ja immerhin sein Bruder.«
Eugen schluckte schwer. »Überhaupt koi Hoffnung?«
Der Arzt machte eine hilflose Geste. »Nach menschlichem Ermessen leider nicht. Kommen Sie.« Er führte Eugen in das Wachzimmer der Intensivstation und erklärte ihm die Diagnose von Alfreds Verletzungen anhand der Röntgenbilder.

Mary saß immer noch am Bett und hielt Alfreds Hand. Alfred schien keine großen Schmerzen zu haben.
Eugen kam mit aufgesetzter Fröhlichkeit und Frische wieder ins Zimmer. »So, send ihr au brav g'wese?«
Alfred wollte Eugen noch etwas sagen. Ganz schwach setzte er an: »Du... Eugen...«
Eugen trat ans Bett und sagte ein bißchen zu laut, als würde er zu einem Schwerhörigen sprechen: »I ben ja so froh, daß mir uns no vertrage hent!«
Alfred nickte fast unmerklich, brachte aber keine Worte zusammen.
Eugen versuchte es noch einmal mit der aufgesetzten

Fröhlichkeit: »Wenn's au erscht hat brenne müsse!« Sein Lächeln war nur eine Grimasse.
Alfred nahm seine letzte Kraft zusammen. Er wollte Eugen unbedingt noch etwas mitteilen: »Die Mary ond i...«
Eugen unterbrach Alfreds Bemühungen: »Jetzt streng de doch net so a, Alfred! Jetzt werd du erscht amal g'sond, no hemmer no gnueg Zeit zom Schwätze, gell!«
Alfred schloß erschöpft die Augen. Mary streichelte seine Hand.
Eugen ging um's Bett herum, legte Mary kurz die Hand auf die Schulter und schaute sie tröstend an. Sein Blick sagte: Wie's au kommt, des mache mr scho!

Elsbeth wirtschaftete hektisch in der Küche. Rosa saß an einem Tischchen. Sie wirkte sehr mitgenommen. Hilflos schaute sie ihrer betriebsamen Schwägerin zu. »Also i könnt jetzt nix schaffe. I könnt bloß da ganze Dag heule!«
»An so ma Dag hilfts mir grad, wenn ich was zom Schaffe hab.« Während sie das sagte, zitterte Elsbeths Hand so, daß sie einen halben Schöpflöffel Fleischbrühe auf die Herdplatte verschüttete. Die Brühe verdampfte zischend. Elsbeth nahm den Schöpflöffel in die andere Hand und biß die Zähne zusammen.
Eugen betrat die Küche.
Elsbeth legte den Schöpflöffel beiseite. Beide Frauen schauten Eugen wie gebannt entgegen. Er ging langsam zum Tisch und ließ sich schwer auf einen Stuhl fallen. »Des isch so grausam! Dr Doktor hat mr überhaupt koi Hoffnung mache könne.« Eugen blickte ins Leere und nickte vor sich hin.
Rosa brach in Tränen aus und bedeckte ihr Gesicht mit

beiden Händen. Sie stand auf und rannte laut aufheulend hinaus. Elsbeth nahm eine Suppentasse, schöpfte Brühe hinein und stellte die Tasse vor Eugen auf den Tisch.
Eugen schaute die Brühe an und dann Elsbeth. »Hätsch mr vielleicht au no a Maultasch?«
Elsbeth holte wie ein Automat auch noch eine Maultasche, ließ sie vorsichtig in die Brühe gleiten und streute auch noch etwas Schnittlauch darüber.
Eugen begann bedächtig zu blasen und zu löffeln.
Elsbeth arbeitete weiter. »Da kann mr bloß froh sei, daß Ihr zwoi euch no vertrage hent.«
Eugen nickte und nahm vorsichtig ein Stück Maultasche auf den Löffel. »Sonscht müßt mr sich ja grad schäme, daß mr alles erbt.«
Elsbeth fuhr herum. »Eugen – sei so guet!«
Eugen hing weiter laut seinen sehr irdischen Gedanken nach. »Teschtament hat'r kois g'macht. Also fällt sei Sach an ons G'schwister.«
Elsbeth zeigte keine weitere Reaktion.
Eugen löffelte weiter und räsonierte vor sich hin: »Ja, ja. 'S isch scho a Kreuz, daß emmer z'erscht ebber sterbe mueß, bis mr was erbt!«

Die Gaststube war leer.
Evelyn räumte die Blumenväschen von den Tischen und nahm die Tischdecken ab.
Karle saß am Familientisch. Mit der einen Hand wühlte er sich in den Haaren. Die andere Hand hatte er am Mund und kaute an den Fingernägeln. Vor ihm lag eine ganze Batterie Filzschreiber und ein weißer Pappdeckel, Größe Din A 4. »Was schreibt mr denn da bloß? Wege Trauerfall geschlosse? Ha noi. Des geht doch no gar net. O Onkel Alfred!«

Karle schaute ratsuchend zu Evelyn hinüber.
Evelyn sagte: »Wenn mein Chef stirbt, gang i.«
»Ha komm! Isch des dei Ernscht?«
Evelyn nickte entschlossen. »Nachher wird dei Chef womöglich au no dr mei – ond des hält ja koi Mensch aus.«
Evelyn war zu Karle an den Tisch gekommen.
Karle schaute treuherzig zu Evelyn auf. »I scho, scho seit viele Jahr.«
»...oiner der Charakter hat, net!« Bevor Karle etwas erwidern konnte, deutete Evelyn auf den immer noch leeren Pappdeckel. »I dät schreibe: ›Wegen dringender Familienangelegenheiten vorübergehend geschlossen‹.«

Elsbeth hatte den Geschirrspüler ausgeräumt und das letzte Geschirr in die Regale gestellt. Alles war tip-top sauber. Die Küche blitzte. Im Edelstahl konnte man sich spiegeln. Elsbeth hatte ihren Kummer in Putzwut umgewandelt und geschafft wie ein Brunnenputzer.
Mary kam herein. Ihr Gesicht war vom Weinen völlig verquollen. Dankbar nahm sie zur Kenntnis, was Elsbeth geleistet hatte. »Ach Elsbeth! Ich dank dir schön. Du hast ja meine ganze Arbeit mitgemacht.«
»Des ischt doch selbstverständlich. Setz dich hin. I mach ons en Kaffee.« Elsbeth ging zur Kaffeemaschine, füllte sie und schaltete sie ein.
Mary ging mit schweren Schritten zu dem kleinen Tisch und ließ sich auf einen Stuhl sinken. »Ich bin wie gelähmt.«
Elsbeth schaute zu ihr hinüber. Ihr Blick war voller Mitleid. Mary und Alfred waren schon sehr gut miteinander ausgekommen. Sie hatten einfach miteinander harmoniert, wie man so schön sagt.

Elsbeth räusperte sich. »Vielleicht ischt ja jetzt net dr richtige Augeblick, aber vielleicht isch's ja au no net zu spät. I muß dir des jetzt oifach amal sage, Mary. I find's ehrlich schad, daß ihr zwei net g'heiratet habet.«
Mary schaute zu Elsbeth hinüber. Ein wehmütiges Lächeln huschte über ihr Gesicht. »Elsbeth, wir sind schon seit gut vier Monaten verheiratet.«
»Was?« Elsbeth freute sich, und ihre Freude war echt. »Ja, isch des wahr? Gott sei Dank!«
»Bei mir daheim in Bruchsal waren wir auf dem Standesamt.«
Elsbeth schüttelte ein übers andere Mal den Kopf und dachte: Na warte, mein lieber Eugen! Sie ließ die Information noch einmal auf der Zunge zergehen: »Heiratet die heimlich. Ha ja. Warum au net? Schließlich seid ihr ja koim von uns Recheschaft schuldig.«
Mary nickte zwar zustimmend, trotzdem klang ihre Erklärung fast wie eine Entschuldigung: »Der Alfred hat gemeint, die Hochzeit geht keinen was an, außer uns. Die Leute würden sich darüber sowieso nur das Maul zerreißen, und die Familie...«
Mary bekam einen leicht bitteren Zug um den Mund. »Ihr wärt doch sicher sowieso dagegen gewesen.«
»Höchstens dr Eugen. Ich hätt mich g'freut. Ich freu mich auch jetzt.«
Mary brach erneut in Tränen aus. Schluchzend sagte sie: »Nächste Woche, an seinem Geburtstag, hat's euch der Alfred sagen wollen... jetzt ist es vielleicht zu spät.«
Elsbeth ging zu Mary hinüber, legte ihr die Arme um die Schultern und drückte sie an sich. Unter Tränen sagte sie: »Komm, Kopf hoch, Mary! Der Alfred isch a zähe Natur, wie alle Eiseles!«
Mary hob den Kopf und lächelte Elsbeth dankbar an.

Eugen und Rosa saßen am Familientisch. Sonst war niemand in der Gaststube. Rosa schloß gerade einen längeren Gedankengang über das Menschsein ab. In der Küche wurde mit Geschirr geklappert. Rosa seufzte schwer.
»'S Lebe kann so ogerecht sei!«
Eugen hatte die Stirn in Falten gelegt, den Mund zusammengekniffen und stierte bedeutungsschwanger vor sich hin.
Rosa fuhr fort: »Nicht auszudenke, wenn ihr euch net doch noch versöhnt hättet, dr Alfred ond du.«
»Ja, mr hätt des Erbe glatt ausschlage müsse.« Eugens Lippenpartie entspannte sich.
Rosa schaute ihren Bruder zweifelnd an: »Hättscht du des?«
»Natürlich net.«
Eugen stierte weiter.
Aus der Küche kamen Elsbeth und Mary. Elsbeth brachte auf einem Tablett Kaffeegeschirr und Kuchen. Mary trug die volle Kaffeekanne. Sie stutzte einen Augenblick, als sie sah, daß alle Tische in der Gaststube abgeräumt waren.
Eugen entging das nicht. »I denk, des ischt au in deim Sinn, daß mir vorläufig zug'macht hend.«
Mary reagierte nicht.
»'S wisset's ja alle im Dorf, was dem Alfred für ebbes Furchtbar's passiert isch«, sagte Rosa.
Mary nickte nur. Sie hatte gar nicht zugehört. »Ich möchte mich bloß ein bißchen frisch machen, dann gehe ich gleich wieder ins Krankenhaus. Ich glaube nicht, daß er die Nacht übersteht.«
Eugen gab sich ungewohnt hilfsbereit: »Ich fahr dich.«
»Danke schön, mach dir keine Mühe. Ich nehme lieber ein Taxi. Ich möchte jetzt mit dem Alfred allein sein.«

Alle beschäftigten sich intensiv mit ihren Kaffeetassen. Nur Eugen druckste herum. Endlich brachte er heraus, was er unbedingt sagen mußte: »Liebe ... also ... Mary, mr mueß ja jetzt tatsächlich mit em Schlimmschte rechne ... also, du sollscht wisse ... au wenn ihr net verheiratet g'wese send ...«
Elsbeth wedelte hinter Marys Rücken aufgeregt mit ihrer Serviette. Doch Eugen war von seinem vermaledeiten Thema nicht abzubringen. Er stockte kurz, warf Elsbeth einen verständnislosen Blick zu und fuhr fort: »Du kannscht auf ons zähle. Bloß daß de's weischt. Mir send trotzdem für de da.«
Elsbeth mahnte eindringlich: »Eugen, bitte, laß doch!«
Eugen redete weiter, wie einer, der froh ist, daß es endlich bergab geht. »Ha noi, dadrüber mueß mr doch schwätze. Mir Eiseles lasset ons g'wieß net lompe.«
Elsbeth wurde jetzt energisch. »Des ischt doch jetzt koi Thema! Eugen!«
Eugen war in seiner überschäumenden Menschenfreundlichkeit nicht mehr zu bremsen. In gönnerischer Pose lehnte er sich zurück und fuhr fort: »Worom denn net?! Des Mädle woiß doch gar net, was aus ihr werde soll, wenn ... i moin ... was onser Herrgott verhüten möge ...«
Mary stand auf wie in Trance. Sie hatte ihren Kaffee noch gar nicht angerührt. »Ja danke, ich geh dann nochmal.«
Eugen nickte Mary tröstend zu. »Also, gell, wie gesagt ...«
Mit schneidendem Ton fuhr Elsbeth Eugen endgültig über's Maul: »Eugen! Schluß jetzt!«
Elsbeth stand auf, drückte Mary liebevoll die Hand und begleitete sie hinaus.

Eugen schaute Rosa völlig perplex an. »Kosch du mir sage, was des jetzt soll?«
Rosa holte tief Luft und blies die Backen auf. »Des fragsch du au no? Hättsch ja scho au no a bißle warte könne!«
Eugen hatte kein Verständnis dafür, daß man ihn in seiner edlen Absicht dermaßen mißverstehen konnte. »Ha jetzt horch amal! I han bloß denkt, es fallt ihr vielleicht a klois bißle leichter, wenn se woiß...«
Elsbeth kam wieder herein. Hinter ihr fiel die Tür hart ins Schloß. Sie war richtig fuchtig. »Du bischt doch a wüeschter Denger! Du hascht ein G'müt wie ein Metzgershond!«
Eugen wurde nun doch etwas kleinlauter: »Also, jetzt horch doch amal...« Er verstummte.
Elsbeth hatte sich vor ihm aufgebaut. Sie machte eine keinen Widerspruch duldende Armbewegung, und dann schlug bei Eugen ein zweites Mal der Blitz ein: »Die Mary ond dr Alfred send seit vier Monat verheiratet. Nächscht Woch bei seim Geburtstag hättet se's ons g'sagt!«
Eugen wurde leichenblaß, aber anstatt in Ohnmacht zu fallen, sagte er entschlossen: »Noi!!«
Rosa zog einen schnippischen Flunsch und war beleidigt bis empört: »So, heimlich hent die g'heiratet? Ausgerechnet die!«
Eugen bekam plötzlich wieder Farbe ins Gesicht. Sein Kopf wurde hochrot. Er rang nach Atem. »Ja, wisset ihr au, was des bedeutet?«
Elsbeth sagte genüßlich: »Natürlich: Die Mary erbt alles, und du erbscht nix!«

Die Mimi

Eugen und Karle schafften einträchtig.
Sie beluden Paletten, die vor der Remise standen, mit Weinkisten. Die Kisten waren schwer, und für die oberste Lage mußten sie ihren Schwung gut einteilen.
»Für a Frau wär des jetzt doch wirklich koi G'schäft, so g'sehe«, meinte Karle gerade.
»Hohruck!« sagte Eugen. Wieder war eine Kiste oben.
Karle blieb bei seinem Thema: »En dr DDR ond en Rußland, da müeßet ja d'Fraue wirklich jeden Dreck mache.«
»Isch ja au koi Wonder, wenn die Kerle alle Funktionär oder Vopos send.«
»Verstehsch du, warom die Fraue jetzt au bei uns en älle Beruf neiwellet?«
Eugen blieb stehen. »Weil's en z'wohl isch... Früher hat mr g'sagt: ›D'Mädle hent's doch überhaupt guet. Se rauchet net, se trenket net, ond Weiber send se selber!‹ Guck se heut a, die jonge Denger!«
Karle lachte. »Weiber send se emmer no.«
Eugen und Karle gingen in die Remise, um eine neue Kiste zu holen.
Zwei junge Leute, ein Junge und ein Mädchen, kamen auf den Hof. Das Mädchen trug eine Sammelbüchse. Sie schüttelte sie. Es schepperte. Ein Geräusch, das Eugen sofort identifizieren konnte. »Wenn das Geld im Kasten klingelt, die Seele aus dem Fegefeuer in den Himmel... springelt.«

Karl schaute Eugen zweifelnd an: »Willsch jetzt au no em Hemmerle Konkurrenz mache?«
Eugen verzog keine Miene. Sie faßten die nächste Kiste. Draußen wurden sie von dem Mädchen aufs freundlichste begrüßt.
»Grüß Gott, Herr Eisele, grüß Gott, Karle!«
Der Junge nickte nur stumm. Das Mädchen, Petra, die sechzehnjährige Tochter des Pfarrers, erklärte lapidar: »Mir sammlet.«
»Isch recht«, sagte Eugen, »mir gebet nix. Erscht neulich ischt d'Heilsarmee da g'wese.«
Petra ließ sich nicht so leicht abwimmeln: »Mir sammlet für da Tierschutzverei.«
»Hohruck!« Die nächste Kiste war oben. »Sitzt, paßt, wackelt ond hat Luft.« Eugen nahm sich einen Augenblick von seiner kostbaren Zeit und sah das Mädchen und den Jungen bedauernd an. »Beim Tierschutz isch's halt au wie überall. Mit Pfennigbeträg kascht nix ausrichte.«
Der junge Mann entgegnete tapfer: »Dausend Pfennig send au hundert Mark.«
Eugen grinste unverschämt. Er haute sich mit der flachen Hand vor die Stirn. »Ja klar, wenn oiner a bißle rechne ka, kann er aus a paar Pfennig scho ebbes mache.«
Karle klärte Frank auf: »Tausend Pfennig send gegewärtig nach meiner Rechnung bloß zehn Mark. Aber ihr werdet ja net bloß Pfennig kriege.«
Damit zog er seinen Geldbeutel aus der Tasche, holte für Eugen unübersehbar ein Fünfmarkstück heraus und warf es in die Sammelbüchse.
Eugen ließ sich nicht verführen. »Guetmütigkeit ischt en de meischte Fäll nix anders als Dommheit ond Faulheit.«

Petra wollte das schon etwas genauer erklärt haben: »Wie moinet Se denn des, Herr Eisele?«
»Des sag i dir gern, Mädle: Wenn du so ama arme Tierle helfe willsch, muescht de om's kemmera, net bloß da en dei Büchs großkotzig a paar Mark neischmeiße.« Erhobenen Hauptes marschierte Eugen in die Remise.
»Des dätet Sie tatsächlich?«, rief Petra ungläubig hinterher.
»Des tät ich, wenn, aber i dues net, weil...« Eugen drehte sich noch einmal um. Da waren die beiden schon um die Ecke verschwunden. Eugen zuckte mit den Achseln. »Wer net will, hat g'het.«
So ganz ungeschoren konnte Karle ihn aber doch nicht davonkommen lassen. »Geiz ka aber au an Dommheit grenze, Onkel Eugen.«
»I ben net geizig, Kerle, i ben sparsam.«
»...ond tierlieb!«, lästerte Karle.
Eugen ließ sich nicht beeindrucken: »Ja, sowieso!«

Die Gaststube war leer.
Eugen kam herein. Es war mitten am Nachmittag.
Eugen goß sich ein Viertele ein und setzte sich an den Tisch gleich schräg gegenüber vom Tresen. Auf dem Tisch lag die Tageszeitung.
Eugen trank einen Schluck und schaute dabei in die Zeitung. Die Gaststubentür öffnete sich für einen Augenblick einen Spalt weit und schloß sich dann sofort wieder.
Eugen blickte kurz auf, schaute zur Tür hin. Nichts. Dann las er weiter in der Zeitung; dabei holte er sich eine Zigarre aus der Brusttasche. Er steckte sie in den Mund und begann nach Feuer zu kramen. Die Streichholzschachtel, die er aus seiner Jackentasche holte, war leer.

Er bruddelte etwas vor sich hin und schaute herum, ob nicht irgendwo Streichhölzer lagen. Da wurde sein Blick plötzlich wie magisch nach unten gezogen. An der unteren Ecke des Tresens breitete sich eine Pfütze aus.
»Was ischt au des? Was ischt denn jetzt scho wieder he? ... Hoffentlich hat d' Bierleitung koi Loch!«
Eugen wollte sich gerade aufrappeln, da erschien der wuschelige Kopf eines kleinen Hundes. Der Kopf lugte vorsichtig um die Ecke. Eugen raschelte aus Versehen etwas mit der Zeitung. Die Hundeaugen schauten direkt zu ihm herüber.
Eugen war fast sprachlos. Stotternd fragte er sich etwas, was er mit ein bißchen gutem Willen ganz leicht hätte beantworten können: »Ha? ... Was ischt – was ischt denn des?«
Nachdem ihm niemand geantwortet hatte, wurde er mit einem Schlag unheimlich lebendig. Er sprang auf wie von der Tarantel gestochen und stieß dabei den Tisch beiseite.
Der Hund verkroch sich vorsichtshalber erst einmal.
Eugen begann zu schreien wie am Spieß: »Elsbeth, Rosa, Mary ... Karle, Hemmerle, Evelyn!!! Ja Herrgottsack, ischt denn koi Sau do? Elsbeth!!!«
Niemand rührte sich. Eugen starrte in die Richtung, in die der Hund verschwunden war. Nachdem er sein Geschrei beendet hatte und es wieder ruhig im Raum geworden war, traute sich der Hund wieder hervor. Er wedelte freundlich mit dem Schwanz. Eugen nahm die Zeitung, ging langsam auf den Hund zu und versuchte ihn mit großen Wedelbewegungen wie eine Fliege zu verscheuchen. »Sssssst ... Ssssst!«
Der Hund verkroch sich wieder.
Eugen ging zur Tür und machte sie sperrangelweit auf.

Dann stellte er sich mitten in die Stube wie der Zerberus persönlich. »Da ... Weg! Weg! Naus! Da hat dr Zimmermann 's Loch g'macht!«
Der kleine Hund verkroch sich vorsichtshalber wieder unter eine Bank.
Eugen stürmte hinter den Tresen und riß auch noch die Küchentür auf: »Isch denn koi gotziger Schwanz im Haus?«
Dann stürmte er wieder zurück durch die Gaststube auf den Gang hinaus: »Wo send denn die Krampfhenne alle uff oimal? Elsbeth! Rosa! Mary!«

Die »Krampfhennen« Elsbeth und Rosa saßen eine Etage höher in Rosas Zimmer und tranken gemütlich Kaffee. Sie saßen zurückgelehnt und lauschten ganz entspannt dem Hörspiel, das Eugen unten im Gang zum Besten gab.
»... Jetzt komm doch amal oiner ... Ihr kennet doch net uff die Art mit mir 's Michele mache ... hier ischt ein Ungeheuer ... ein Viech ... a Hond halt ...! Kreuzmilliondonnerwettersackzementnoamol, wenn e den vortwisch!«
Die Tür zur Gaststube wurde mit solchem Karracho ins Schloß geworfen, daß in Rosas Zimmer Putz von der Wand rieselte.
Rosa kicherte. »Die Kender hent g'sagt, er wünscht ihn sich.«
»Nie em Lebe, des hent die doch erfunde. Der schmeißt des arme Tierle wieder naus. Hochkant.«
»Ha komm! Alles was recht isch, Elsbeth, aber so en Grobian isch'er ja no au wieder net.«
»Natürlich net, aber er duet halt gern so. Des paßt zu seim Imitsch, denkt'r. Verstehsch?«
»Noi. Des heißt, net direkt.«

Inzwischen ging unten in der Gaststube die Geschichte von Herr und Hund in die nächste Phase.
Eugen hatte sich zu einer Großtat entschlossen. Irgendwoher hatte er Schrubber, Putzlappen und einen Eimer geholt. Nun nahm er den Putzlappen und warf ihn aus sicherer Entfernung auf die Pinkellache. Darauf verteilte er die Hundepisse, soweit sie vom Lappen nicht aufgesogen wurde, mit dem Schrubber gleichmäßig über den Fußboden. Dann stellte er den Schrubber mit daran hängendem Lappen in den Eimer.
Eugen nickte anerkennend über seine Leistung und wollte sich endlich wieder seinem nun wirklich hochverdienten Viertele zuwenden. »Schlag me's Blechle«, fluchte er.
Auf dem Platz, auf dem er vorhin gesessen hatte, saß jetzt der kleine Hund. Er schaute Eugen freundlich entgegen und klopfte mit dem Schwänzchen das Sitzkissen.
»Gohscht du ... gohscht du von meim Platz ronder, du Donderwetter, du ... du vierbeiniger!«
Der Hund zog sich in die hintere Ecke der Bank zurück. Er gehorchte.
Das gefiel Eugen. »Na also! Des will'e aber au hoffe! Ond oins sag i dir: Morge kommscht wieder en's Tierheim, ond wenn i di selber nabrenge mueß!«
Der Hund schüttelte den Kopf. Es wirkte sehr entschieden.
»Was? Da gibts koin Widerschpruch. Du woischt wohl net, mit wem de schwätzscht!«

Auch an diesem ereignisreichen Tag war es Abend geworden. In der Gaststube war Betrieb. Evelyn bediente. Um den Familientisch saßen Elsbeth, Rosa, Karle und Eugen.

Die Diskussion um das Thema des Tages war in vollem Gange.
»Fresse dät er ja net viel. Sicher sogar weniger, als bei ons am Dag abfällt.«
Eugen schmetterte Elsbeths Argument kalt ab: »Mit de Abfäll füttert mr d'Säu!«
Elsbeth konterte: »Von mir aus kann er gern was Frisch's kriege!«
Eugen blieb hart: »Ond i sag, 's kommt mir koi Hond ens Haus. Basta! Die drei Katze langet.«
Evelyn brachte Eugen ein frisches Viertele. »Wenn Sie jeden Dag a Stündle mit dem Plutole spaziere gange dätet...«
»*Wie* hoißt der?« Eugen blieb der Mund offen stehen.
Evelyn beendete ihren Satz. »Des wär Spitze für Ihren Kreislauf.«
»Und hervorragend gege dein Bauch.« Karle war schon diplomatischer gewesen.
Eugen winkte angewidert ab. Bauch war für ihn zur Zeit kein Thema. »Wie hoißt der Hond, will i wisse?!«
Evelyn verriet es ihm: »Pluto. 'S steht doch auf dem Plättle an seim Halsband.«
»Pluto?!!« Eugens Stimme überschlug sich fast. »Des isch ja grad, wie wenn dr Karle Siegfried hoiße dät oder Herkules!«
Karle fand den Vergleich ziemlich unpassend. »Hano, hano!«
»Pluto!« Eugen wollte sich fast nicht mehr einkriegen. Er ließ sich von einem ziemlich hysterisch wirkenden Lachkrampf schütteln. Die Anwesenden warteten geduldig, bis es vorbei war.
Plötzlich setzte ihm Rosa die Pistole auf die Brust: »Was ischt jetzt, b'hältscht des Plutole? Ja oder Nein?«

»I denk ja net dra. I han Hond no nie leide kenne, ond scho gar koine, die en d' Schtub pinklet.«
Elsbeth hielt das für eine böse Verleumdung: »Schwätz doch net raus. Der Hond macht doch net en d'Stub.«
»Was macht der net?« Da fiel Eugen ein, daß es vielleicht für seine Härtedemonstration gar nicht so günstig wäre, wenn er zugeben würde, daß er die Pfütze weggeputzt hatte. Vorsichtig gab er zu bedenken: »Aber sei könnt's doch, oder kann so ebbes etwa net sei?«
Karle sah darin nun wieder gar kein Problem. »Ond wenn, no dät mrm's halt abg'wöhne. So a jonger Hond isch doch no lernfähig, im Gegensatz zu ...«
»Komm, Komm! Nix da! Die Kender sollet des Viech morge wieder hole, ond damit baschta.«
Evelyn schaute Eugen an: »Aber heut sollt no obedengt ebber mit em spaziere gange.«
Elsbeth war plötzlich ganz Fürsorge für ihren gestreßten Mann: »Eugen, des machscht du. No kommscht du endlich au wieder amal an die frisch Luft!«
Eugen hatte noch etwas auf der Zunge, schluckte es aber dann unerwarteterweise einfach hinunter.

Elsbeth lag schon im Bett. Sie las noch in einem Buch. Eugen kam aus dem Bad. Er war schon im Schlafanzug. Schwungvoll ließ er sich auf das Bett plotzen, legte sich auf den Rücken, schwang die Beine über die Bettkante und schob sie unter die Decke. Dann zog er die Decke bis unters Kinn und starrte an den Plafond hinauf. Er seufzte schwer.
Elsbeth fragte anteilnehmend über ihr Buch hinweg: »Wie war's denn auf dem Spaziergang?«
»I ben bloß froh, daß i des net jeden Dag mache mueß.«
»No war's also net schee?«

Eugen polterte los: »Des saubleede Gschwätz von dene Leut: ›So, Herr Eisele, send Se jetzt au uff da Hond komme, ha, ha, ha! EiEiEi, isch der aber amal herzig! Wie hoißt dr denn, der Kloine?‹ Die Leut hent doch älle en Schprong en dr Schüssel.«
Elsbeth versuchte weiterzulesen.
Eugen starrte an den Plafond hinauf. Sein Mund war eine Grimasse. Stumm äffte er das blöde Geschwätz der Leute nach.
Plötzlich spitzte er die Ohren. Vor der Schlafzimmertür fiepte der Hund.
Eugen schaute aus den Augenwinkeln zu Elsbeth hinüber. Die gab sich ganz auf ihr Buch konzentriert.
Ächzend quälte sich Eugen wieder aus dem Bett.
»Was machsch denn?« fragte Elsbeth ganz sanft.
»Des Viech schtirbt doch vor Angscht alloi en dem donkle Haus drauße.«
»Des mueß'r lerne. Du verwöhnsch'n bloß onötig, wenn d'n reiläßsch.«
Eugen schüttelte den Kopf. »A wa! Der kommt doch morge wieder en's Tierheim. Da kennt er sich aus.«
Eugen öffnete die Tür und ließ den Hund ins Schlafzimmer.

Früher Morgen.
Elsbeth, Rosa und Eugen saßen beim Frühstück. Plutole schaute zu. Rosa warf dem Hund heimlich ein Rädchen Wurst zu.
Schließlich gab sie sich einen Ruck. »Also, ich behalt des Tierle!«
Eugen schaute überrascht auf. »Ziegscht aus, oder was?«
»Wieso sollt' ich ausziehe?«

Eugen schnitt mit einer martialischen Geste ein Brötchen auf. »Weil ich keinen Hund im Haus dulde! Basta!«
Rosa schnappte nach Luft. »Dich sollt mr grad beim Tierschutzverei azeige!«
»Wo isch'n der überhaupt?«
Rosa giftete: »Wo wird der scho sei! Da wo's Tierheim isch. Im Feuerbacher Tal natürlich. Warom?«
Eugen antwortete in der gleichen Tonlage: »Warom! Irgendoiner mueß den Köter ja z'rückbrenge, ond so wie i euch kenn, bleibt des ja doch wieder an mir hange!«
Eugen schaute den Hund an. »So isch's doch?«
Pluto schaute Eugen an. Er war ganz Ohr und wedelte mit dem Schwänzchen.
Eugen seufzte verhalten. »Domm isch er net!«

Auf dem Hof vor dem »Adler« herrschte geschäftiges vormittägliches Treiben.
Elsbeth kam aus dem Haus. Sie trug einige zusammengerollte Läufer und Bettvorleger, die sie am schmiedeeisernen Treppengeländer auszuschlagen begann.
Karle werkelte unter dem offenen Tor zur Remise herum.
Sibylle fuhr auf den Hof. Sie kam von der Post und brachte einen ganzen Arm voller Päckchen, Kuverts und Zeitungen.
Karle rief quer über den Hof: »Für mi au ebbes dabei?«
»Ja, scho, aber bloß G'schäftliches.« Sibylle war schon fast an der Treppe.
Elsbeth sagte lachend: »Wer soll ihm au sonscht schreibe?«
»Wer weiß«, Sibylle blickte zu Karle hinüber, »stille Wasser...« Dabei fiel ihr auf, daß Eugens Auto fehlte. »Ischt der Chef denn unterwegs?«

Elsbeth schlug den Bettvorleger, den sie in der Hand hatte, fest gegen das Geländer. »Ins Tierasyl ischt er g'fahre.«
Inzwischen war Karle auch über den Hof gekommen. Er streckte die Hand nach seiner Post aus: »Er hat sich's net nehma lasse ond brengt 's Plutole persönlich hoim.«
Sibylle schaute von Karle zu Elsbeth: »Oh jeh, Oh jeh!«
Elsbeth zuckte mit den Schultern. »A Tragödie.«
Eugens Daimler fuhr auf den Hof. Die drei schauten ihm entgegen. Eugen hielt. Er sah die Versammlung und stieg aus. Eugen blickte finster.
Entschlossen öffnete er dann die hintere Tür.
Aus dem Auto sprang gemächlich ein großer, zottiger Hund. Elsbeth, Karle und Sibylle machten große Augen. Der Hund schüttelte sich kräftig und gähnte.
»Ja, Eugen?!« Es fiel Elsbeth schwer, sich darauf einen Reim zu machen.
Da hopste auch noch das Plutole aus dem Auto. Sibylle legte ihre Post ab. Das Plutole sprang fröhlich wedelnd auf sie zu. Sibylle nahm das Hundchen auf den Arm.
Karle schüttelte den Kopf: »Ja, jetzt wird's Dag!«
Elsbeth fragte vorsichtig: »Eugen, was willsch denn mit *dem* Viech?«
Eugen war das alles ausgesprochen oagnehm. Grob belferte er: »Saudomme Frag! Was will mr scho mit ama Hond?«
»Ich han denkt, dir kommt koi Hond en's Haus...?«
Elsbeth beendete Karles Satz: »...ond jetzt hemmer zwoi.«
Eugen deutete auf den Zottelhund. »Des ischt – also, daß ich's recht sag – das ischt dem Pluto sei leibliche Mutter, ond s'Plutole... also ihr kennet euch net vorschtelle, was die zwoi miteinander aufg'führt hent...«

Eugen war gerührt, von seiner eigenen Güte und überhaupt. Um diese Rührung zu überspielen, sagte er doppelt streng zu dem großen Hund: »Sitz! Sitz!« und deutete gebieterisch mit dem langen Finger.
Der Hund setzte sich lässig.
Eugen, der stolze Hundebesitzer, hatte die Lage wenigstens voll im Griff.
Elsbeth war das alles etwas unheimlich. Aber na bitte. Streng fragte sie: »Und wie heißt das Viech?«
Eugen begann herumzudrucksen. Das mit dem Namen war wohl ein wunder Punkt. »Er hoißt ... also sie hoißt... Es ist natürlich eine Sie. Also momentan hoißt'r no, also hoißt sie no... aber Namen sind ja Schall ond Rauch, wie dr Hemmerle emmer sagt... Also dene em Tierasyl han'e glei g'sagt, ond für's Plutole spielt's ja sowieso koi Roll, wie – wie'r hoißt, gell, Mimi!«
Der Hund Mimi bellte mit tiefer Stimme. Seine Zähne waren alle in bester Ordnung. Sein Rachen sah furchterregend aus, wenn er ihn beim Bellen aufriß.
»Mimi also.« Elsbeth schaute das bellende Ungetüm an. Ihr war nicht ganz wohl in ihrer Haut. »Für sein eigene Name ka mr ja meischtens nix.«
Eugen schaute Elsbeth dankbar an. Dann sagte er mit einer Stimme, als hätte er Kreide gefressen: »Hascht nix dagege, Elsbeth, gell!?«
»Wenn er mi net beißt.« Elsbeth ging vorsichtig auf Eugen und den Hund zu. »Ond wie soll er jetzt heiße? Der da, dei Mimi?«
Eugen guckte die Mimi, die sich inzwischen wieder ganz friedlich gab, richtig verliebt an. Ganz verschämt sagte er: »Nero tät mr g'falle.«
Elsbeth war jetzt auch gerührt: »O Eugen...«

Schwägerin Martha

Eugen war schon immer der Meinung gewesen: »Mir brauchet koin Bsuech, weil mir bsuechet au niemand«, aber daß seine Schwägerin Martha, Elsbeths ältere Schwester, seine Frau und ihn im Jahr mindestens vier Mal heimsuchte, konnte auch er nicht verhindern. Nun war sie schon wieder seit vierzehn Tagen da und machte keinerlei Anstalten, das Haus wieder zu verlassen. Entsprechend knatzig war Eugen. Sie hatten gerade gemeinsam zu Abend gegessen. Nun saßen sie noch ein bißchen um den Familientisch am Kachelofen. Eugen, bemüht, seinen Frust über die Schwägerin nicht zu zeigen, sagte mit dem üblichen kleinen Rülpser: »Guet war's, reichlich...«

...und weit über onsere Verhältnisse«, fuhr Martha dazwischen, »so hat mein Seliger immer g'sagt!«

Karl blinzelte sie hinter seinen Brillengläsern an: »Jetzt han i emmer denkt, den Spruch hätt dr Onkel Eugen erfunde.«

Eugen gab einen unwilligen Laut von sich, stand auf, ging zum Tresen und holte sich aus seinem Geheimfach eine Flasche von seinem besten Trollinger.

Elsbeth rief zu ihm hinüber: »Eugen, da steht noch a Sprudel.«

Bissig gab Eugen zurück. »I kann 's Wasser scho en...«

»...de Schuh net leide ond no viel weniger em Mage«, Martha lachte einen Schochen hinaus, »was habet mir über den Spruch von meim Selige g'lacht!«

Eugen, der gerade die Flasche entkorken wollte, stellte sie mit Aplomb wieder hin und schenkte sich demonstrativ und so heftig sein Glas mit Sprudel voll, daß es kräftig überschwappte. Lauernd sah er Martha an. Was würde wohl als nächstes kommen?
Rosa wollte ablenken und sagte deshalb schnell: »Habet ihr des g'sehe, wie die Marie ...«
Karl verbesserte sie: »Mary« – er sprach das Wort amerikanisch aus – »Mary hat dr selige Onkel Alfred emmer zu ihre g'sagt ...«
Aber Rosa ließ sich nicht drausbringen. Zu Eugen gewandt wiederholte sie: »Huscht des g'sehe, wie die heut wieder anzoge war?«
»Aber g'schafft hat se wie ein Bronneputzer«, griff Elsbeth ein.
Eugen brummte: »Von mir aus kann oiner em Schlafazug romlaufe, wenn er ebbes leistet ond ...« Er sah Martha auffordernd an. Mit weit vorgeschobenem Kopf rief er: »ond ... ond ...?«
Karl krähte: »›Ond sein Hals jeden Tag wäscht‹, hätt dr Dante Martha ihr Seliger g'sagt!«
Eugen nickte ein paar Mal heftig. Martha dagegen konnte daran nichts komisch finden. Empört wendete sie sich an ihre Schwester Elsbeth: »Also, wenn mr sich hier über mich lustig macht, dann nehm ich den nächsten Zug nach Besigheim z'rück!« Wenn sie wütend war, sprach sie fast nach der Schrift.
Eugen geriet dabei in ein noch heftigeres Nicken. »Reisende soll mr net aufhalte!« sagte er zu Karl – allerdings so leise, daß es Martha nicht hören konnte.
Elsbeth versuchte, ihre Schwester zu beruhigen: »Jetzt komm – du kennscht doch da Eugen ond da Karle, wenn die ebber rätze könnet ...«

»Sollet se rätze, wen se wellet, aber net a alte Frau wie mich! Da kommt man ein-, vielleicht zweimal im Jahr...«
»Ja no«, ging Rosa dazwischen, »wenn du net öfters kommscht, isch des ja dei Sach.«
Aber Martha winkte nur ab. »Ihr habet doch gar kei Zeit für a alte Frau wie mich! Obwohl, wenn ich denk, was hab ich Zeit han müsse für onsern Vadder...«
Die Blicke der anderen begegneten sich. ›Jetzt geht das wieder los‹, signalisierte man sich gegenseitig. Eugen machte einen schwachen Versuch, den Redestrom zu kappen, ehe er richtig losbrach. »Also des weiß doch jeder«, sagte er in versöhnlichem Ton, »was du dir für Verdienste erworbe hascht.«
Aber damit konnte er Martha auch nicht mehr bremsen. »Des glaub i net«, giftete sie, »daß des hier drin einer au nur halbwegs zu würdige weiß!«
Eugen gab nicht auf. »Ha komm, ha komm«, fuhr er dazwischen, »i han emmer zur Elsbeth g'sagt, wenn i wüßt, wie mr des wieder gutmache kann...«
»Das stimmt«, bestätigte nun auch Rosa mit sanfter Stimme, »aufopferungsvoll hascht du euern Vadder pflegt – sieben lange Jahre...«
Martha genoß es sichtlich, zumal Eugen noch einen draufsetzte: »Und dabei warscht damals ja au nemmer die Jüngscht, net wahr...«
Mit einem leisen Seufzer meldete sich Martha wieder zu Wort: »Früher hat mr in dr Familie zusammeg'lebt, bis mr g'schtorbe ist, heut könnet se oin net früh g'nug abschiebe...«
Für Eugen war das ein alarmierendes Thema. »Also ons kannscht damit net moine«, sagte er und wußte im gleichen Augenblick, daß das genau der falsche Satz war.

»So, bischt sicher?« fragte Martha mit schief gelegtem Kopf.
Elsbeth, Rosa und auch Karle sahen Eugen verwundert an, während Martha mit butterweicher Stimme fortfuhr: »Schwätz doch weiter, Eigesle!«
Irritiert suchte Eugen nach einem Ausweg: »I moin halt, für odankbar sollt mr ons net halte!«
Martha winkte geringschätzig ab. »Des hab ich scho damals g'wußt – solch ein Einsatz zahlt sich net aus – em ganze Lebe net!«
Eugen sah einen Ausweg: »Noja«, sagte er, »wenn mr Dankbarkeit in Zahle ausdrücke könnt, wär's ja koine meh, net wahr!«
»Trotzdem«, bäffte Martha.
»Trotzdem bischt du uns jeder Zeit herzlich willkomme«, log Eugen, »komm du no, wann emmer du willscht, ond bleibe kannscht, so lang du willscht.«
Martha griff sofort zu: »Ich hab ja au a gute Rente von meim Selige, also zur Lascht falle dät ich niemand.«
»Vorerst«, sagte Rosa leise und mit einem unverkennbar gehässigen Unterton zu Karl.

Als Eugen und Elsbeth ins Bett gingen, sagte Elsbeth: »Bevor du meiner Schwester ein solches Angebot machst, hättescht au amal a Wort mit mir spreche könne.«
Eugen sah seine Frau überrascht an. »Angebot? Was denn für a Angebot?«
»Wenn se zu uns zieht ond a Pflegefall wird, an wem bleibt's denn hänge? Doch an mir! Als ob ich mit der Kücheleitung für's Lokal net scho haufe gnueg zum schaffe hätt!«
»Aber i han des doch bloß so na g'sagt!«
Elsbeth konnte über so viel Unverstand nur den Kopf

schütteln. »Wenn jemand so sehr drauf wartet, ond dann fällt des Wort – ›du kannscht bleibe, so lang du willscht‹ – dann ischt des für denjenige net bloß so na g'sagt!«
»Moinscht des em Ernscht?« Eugen wurde es immer mulmiger.
»Noi, i han natürlich bloß a Späßle g'macht – genau wie du heut abend!«

Als Martha am nächsten Morgen in die Gaststube kam, war niemand da. Eugen hatte es vorgezogen, rasch im Stehen zu frühstücken. Den Kaffee hatte er so schnell hinuntergeschüttet, daß er sich die Lippen und die Zunge verbrannt hatte. Wütend war er danach hinausgestapft und hinauf zum Stäffelesberg, wo er sich dem Schnitt seiner Reben widmete – Hauptsache, er begegnete seiner Schwägerin Martha nicht. Rosa zog es vor, auf ihrem Zimmer zu frühstücken. Nur Elsbeth rumorte in der großen Gasthausküche herum. Als sie draußen in der Wirtschaft Geräusche hörte, kam sie heraus.
»So, bischt auf?« sagte sie.
»Gute Morge«, erwiderte Martha.
Elsbeth brachte ihr das Frühstück und setzte sich ein wenig dazu. »Hascht gut g'schlafe?«
»Es geht mr halt so viel im Kopf rum.« Martha langte kräftig zu. Elsbeth goß ihr Kaffee ein.
»Also des genieß ich ja so, daß ich bei euch so verwöhnt werd.«
»Gestern hascht g'sagt, mir hättet kei Zeit für dich«, gab Elsbeth spitz zurück.
»Mr sagt manchmal schnell was.« Martha gab sich versöhnlich.
»Wenn du sonscht no irgend en Wunsch hascht...« Elsbeth sah ihre Schwester auffordernd an.

»Mr kommt halt nemme fort in meim Alter...«
»Muscht halt was sage!«
»Auf d'Teck wär i scho gern nomal nauf – auf d'Teck und auf da Neufa!«
Elsbeth nickte versonnen. »Weischt no, wie onser Vadder emmer g'sagt hat? – ›Jusi, Teck und Neufa...‹«
»Des send drei große Häufa«, ergänzte Martha.
»Vielleicht morge...« schlug Elsbeth vor.
»I möcht aber um Gottes Wille keine Umständ mache«, sagte Martha rasch.
»Des send koine Umständ, brauchscht bloß sage, ob du möchtescht oder net.«
»Des ischt net mei Art – machet ihr no, was ihr sowieso g'macht hättet.«
»Ja willscht jetzt oder willscht net?« Elsbeth wurde langsam ungeduldig.
»I richt me da ganz nach euch, Elsbeth.«
»Aber ich frag dich doch!«
»Wenn's Umständ macht – also es muß wirklich net sei.«
»Natürlich muß es net sei«, Elsbeth hielt sich mit Mühe zurück, »aber i dät gern wisse, ob du des möchtescht oder net?«
»Möchte dät i scho, aber i will net, daß ihr des bloß für mich machet. Des wär mr arg.«
Elsbeth stand seufzend auf und ging zur Küche. »Mr wird ja no scho sehe«, sagte sie. Martha machte ein trauriges Gesicht. Leise sagte sie zu sich selber: »Des wird ja doch wieder nix!«
Als beim Mittagessen alle beisammen saßen, sagte Elsbeth zu Eugen: »D'Martha wär gern amal wieder auf d'Teck g'fahre!«
»Des ischt au der nächschte Weg«, gab Eugen brummig zurück.

»Irgendwann halt amal – wenn i no für immer bei euch wohn!« sagte Martha mit süßlicher Stimme.
Eugen verschluckte sich. Karl versuchte ihm zur Hilfe zu kommen. »Hat des Haus eigentlich überhaupt so viel Platz?«
»Du kennscht doch des Haus«, fuhr ihn Martha an, »aber natürlich, wenn ihr moinet, daß ihr euch da über Gebühr eischränke müßtet...«
Rosa, die ihrem Bruder nur allzu gern eins auswischte, warf ein: »Dr Eugen hat sowieso vor, auszubaue...«
»Ha, wenn des so ischt«, sagte Martha.
Elsbeth stand auf. »I muß amal wieder in mei Küche.«
Als Elsbeth hinausgegangen war, legte Martha Eugen vertraulich ihre Hand auf den Arm: »Des han i ja scho emmer g'sagt, mei Elsbeth ischt a Frau, bei dera steht koiner onder...«
Eugen gab bissig zurück: »Was hoißt denn da ›koiner‹, i lang ja wohl!«
Bei der ersten Gelegenheit, die sich ergab, schnappte sich Eugen seine Schwester Rosa. »Also oins sag ich dir, wenn du dera Martha den Floh en's Ohr setzscht, daß i ausbaue dät...«
»Ja, stemmt des denn etwa net?« herrschte ihn Rosa an.
»Ob's stemmt oder net spielt jetzt koi Musik! Wenn du se au no animierscht, dann kochscht du für se, wenn se selber nemme ka, du machscht ihre 's Bett, du fütterscht se ond setzscht se auf da Topf!«
»Eugen, spinnscht du?«
»Du machscht alle Botegänge, gehscht auf die Ämter für se, und vor allem sorgscht du dafür, daß es ihre net langweilig wird. Vielleicht machscht ja noch da Führerschei, no kannscht du se auf d'Teck, da Jusi und da Neufa karre!«

»Ha, du bischt vielleicht a wüeschter Denger«, empörte sich Rosa.
»Am beschte machscht glei en Krankepflegekurs!« setzte Eugen nach.
Rosa holte tief Luft. »Ausbeute laß ich mich net, des sag ich dir! Ich bin Teilhaberin in diesem Haus und nicht die Dienstmagd! Zudem ischt des angeheiratete Verwandtschaft, dei Schwägerin Martha!«
Eugen nickte. Nachdenklich sagte er: »Mr müßt halt dafür sorge, daß es dr Martha net gar so paradiesisch vorkommt bei ons.«
»Ond wie willscht des mache?« fragte seine Schwester.
»Ha komm, des werd i dir doch net sage müsse!«
Als Rosa wenig später wieder in die Gaststube trat, war Martha auf der Ofenbank eingenickt. Mit halb offenem Mund atmete sie rasselnd aus und ein, wobei sich ihr gewaltiger Busen hob und senkte wie eine mächtige Welle auf hoher See. Rosa trat leise an den Tisch und ließ sich der Schlafenden gegenüber nieder. Eine Weile schaute Rosa die Schwester ihrer Schwägerin an, dann schlug sie plötzlich so heftig mit der flachen Hand auf den Tisch, daß die Kaffeetasse, die da noch immer stand, hochsprang. Martha fuhr auf, verschluckte sich und machte große Augen. »Jesses«, schnappte sie, »was war denn jetzt au des? I ben ja z'Tod verschrocke!«
Rosa schaute sie treuherzig an. »Ich weiß net. Ich bin reikomme und hab mi ganz normal zu dir g'setzt. Ich wollt nämlich noch was mit dir bespreche, Martha. Also ich dät mich wirklich ganz arg freue, wenn du für immer bei uns eiziehe dätescht.«
»Des ischt nett von dir«, sagte Martha, die noch immer Mühe hatte, sich zurechtzufinden. So viel Freundlichkeit kam ihr eigentlich verdächtig vor.

»Ja, gell«, flötete Rosa. »Weischt, es gibt halt so viele Sache, wo mr dich noch brauche könnt.«
»Bitte?«
»In dr Küche ischt oft Not am Mann und im Weinlager. Natürlich denk ich da an leichtere Beschäftigunge: Etikette klebe zum Beispiel oder Flasche auswasche – Kischte trage dät mr dr nemme zumute ...«
»Also, i weiß net!«
»Und niemand en dem Haus will die Kehrwoch mache ...«
»Du wirscht doch net em Ernscht glaube ...«
Aber Rosa fuhr unbeirrt fort: »Dr Eugen hat au g'sagt: ›Warom send mir a Familiebetrieb, da isch'es doch bloß recht ond billig, daß mir die Martha ...‹ – er hat sogar g'sagt: ›die liebe Martha – a bißle mit eisetzet. Sie könnt ja au dr Elsbeth a bißle en dr Küche zur Hand gehe‹ – ja, genau so hat er g'schproche, dr Eugen.«
Martha stand resolut auf. »Wenn des so ischt ...«
»Ja, so ischt des!« sagte Rosa mit ihrer freundlichsten Stimme und ihrem hinterlistigsten Blick.
Martha verließ den Gastraum. Sehr mit sich zufrieden räumte Rosa den Tisch ab, was sonst gar nicht ihre Art war.
Anderntags war Sonntag. Die Kirchenglocken läuteten. Im »Adler« fanden sich schon die ersten Männer zum Frühschoppen ein. Eugen hatte am Abend vorher noch seinen Daimler gewaschen. Er stellte ihn direkt vor den Eingang. Jetzt stand er wartend in der langsam wärmer werdenden Morgensonne und rieb sich zufrieden die Hände.
Karl kam aus dem Haus und sah seinen Onkel erstaunt an. »Fährscht fort?« fragte er.
»Mhm, i will zum Wengerterstammtisch.«

»Ach so, stemmt ja, heut ischt der erscht Sonntag im Monat. Aber i han denkt, du derfscht heut auf Jusi, Teck und Neufa ...«

»Awa«, sagte Eugen, »des hat Zeit. I wart bloß noch auf mein Freund Frieder Schützle – wo bleibt dui Bähmulle eigentlich?«

Im gleichen Augenblick fuhr ein Taxi heran. Eugen und Karl musterten es gleichermaßen erstaunt. Der Chauffeur stieg aus und rief: »Für Frau Martha Hutzenlaub ...«

Da stand sie auch schon auf dem Treppenabsatz bei der Eingangstür. »Da sind Sie ja endlich!« In beiden Händen trug sie einen schweren Koffer.

Eugen sagte: »Ha, jetzt kann i gar nemme!«

Karl wieselte die Treppe hinauf, um Martha die Koffer abzunehmen. »Willscht fort?« fragte er.

Martha schnaubte wütend. »Ja was denkscht denn du?! Moinscht, i mach dene da Dackel?« Und nun ging sie direkt auf Eugen los: »Des dät euch so passe – morgens d' Gäschtebette mache, 's G'schirr spüle, die Neberäum putze, Flasche sortiere und was ihr sonscht no älles mit mir vorhabet!«

Eugen wollte etwas sagen, aber er kam nicht zu Wort. Der Taxifahrer lehnte sich gelassen gegen seinen Wagen. Die Uhr lief. Aus Erfahrung wußte er, daß so etwas länger gehen konnte.

»I han gnueg g'schafft en meim Lebe«, trompetete Martha vom Treppenabsatz herunter. »Moinscht, i komm en meim Alter no als Dienstmagd zu euch?! Noi, nie! und noch einmal: Noi! I fahr z'rück nach Besigheim!«

Eugen hatte Mühe, seine Zufriedenheit nicht sichtbar werden zu lassen. Karle wuchtete die beiden Gepäckstükke in den Kofferraum. Eugen gab sich einen Ruck. Er ging zum Taxifahrer, drückte ihm einen Zehnmarkschein

in die Hand und sagte: »Da, des dürft ja lange. Ich fahr die Dame selber g'schwend. So viel Zeit mueß sei!«
Er gab Karle ein Zeichen, und der zerrte die Koffer wieder heraus, um sie in Eugens Daimler zu laden. Martha sah es mit einer gewissen Befriedigung. Trotzdem sagte sie: »Des wär net nötig g'wese. Aber guet, i will net so sei.«
Das Taxi fuhr davon. Fast schon huldvoll schritt Martha auf Eugens Auto zu. »Aber wenn du mi scho fährscht«, rief sie, »no machscht bitte den kleine Umweg über da Jusi, die Teck und da Neufa!«
Eugen fiel dazu mit dem besten Willen nichts mehr ein, außer sich in sein Schicksal zu fügen.

Die Wahrsagerin

Auf dem ganzen Stockwerk duftete es nach Bügelwäsche. Mary und Evelyn arbeiteten an der Heißmangel. Tischwäsche, Bettwäsche, Handtücher, die Stapel türmten sich.

Mary und Evelyn arbeiteten zügig. Die Zeit, bis der Mittagsbetrieb losging, mußte genutzt werden.

Mary trug keine ausgesprochene Trauerkleidung; schwarze Schuhe, schwarzer Rock, weiße Bluse und für die gröbere Hausarbeit die unvermeidliche Kittelschürze darüber.

Tagsüber ließ ihr die Arbeit wenig Zeit, ihrem Kummer nachzuhängen. Das hatte auch sein Gutes. Was hätte es für einen Sinn gehabt, sich vor den Gästen gehen zu lassen? Mitleid?!

Evelyn bewunderte Marys Haltung: »Weischt, ich find's scho stark, wie du des packscht.«

Mary zuckte mit den Schultern und legte die Tischdecke, die sie gerade in der Hand hatte, besonders akkurat zusammen. »Ja, was willst du denn machen? Es bringt doch nichts, wenn du rumjammerst. Und schon gar nicht bei dieser Familie.«

Evelyn sagte wie zur Entschuldigung: »Überall isch ebbes. Aber die Frau Eisele, die Elsbeth, hat s'Herz scho uff'm rechte Fleck.«

Mary war gerührt.

Evelyn plapperte weiter: »Ich denk halt, wenn jemand lang krank ischt, bevor er stirbt, muß mr sich drauf ei-

stelle. Dann ischt mr doch auf's Schlimmschte g'faßt. Aber wenn's so schlagartig kommt...«
Mary war ganz nachdenklich geworden. Eigentlich mehr zu sich selbst sagte sie: »Wer weiß... Vielleicht hätte ich das auch früher wissen können.«
Evelyn schaute Mary groß an.
Mary fuhr fort: »Da schaust du. Früher habe ich mir immer die Karten gelegt. Da bin ich schon öfter mal vor etwas gewarnt worden. Aber der Alfred hat davon nichts wissen wollen. Der hat das alles für Hokuspokus gehalten.«
Evelyn war schockiert. »Sag bloß, du glaubst an sowas?!«
Diese Reaktion kannte Mary zur Genüge. »Also, Evelyn, du kannst sagen, was du willst, aber die Karten haben oft die Zukunft vorausgesagt. Nur, sie sagen sie eben nur dem, der mit ihnen umgehen kann.«
Evelyn hatte ihre anfängliche Überraschung fast überwunden. So einen leichten Druck im Magen spürte sie immer noch. Aber ihre Neugier war stärker. »Dann glaubsch du ja sicher au an Horoskop?«
»Aber freilich – die Sterne lügen nie!«
Evelyn überhörte die feine Ironie. Sie war jetzt Feuer und Flamme. »Das sagt mein José auch! Der glaubt nämlich auch an Horoskop.«
Mary versuchte Evelyns Begeisterung etwas zu bremsen: »Ja, aber da muß man wirklich ganz vorsichtig sein. Da mußt du wirklich ganz akkurat vorgehen.«
Evelyn war jetzt plötzlich ganz hibbelig. »Mary, dätscht du mir au amal d'Karte lege?«
Mary lächelte und schüttelte ganz entschieden den Kopf. »Zu spät. Ich habe da schon zu viel vergessen.«
Evelyn war ganz enttäuscht.

Mary begann laut zu überlegen. »Aber die Amira! Ja, die Amira. Das wäre doch was! Ich habe sowieso gedacht, ich sollte mir bei der einmal Gewißheit verschaffen. Denn noch einmal möchte ich solch einen Schicksalsschlag wirklich nicht erleben. Bei Gott nicht.«
Mary wurde es plötzlich ganz schwach. »Jeden Tag habe ich ganz plötzlich das Gefühl, er käme zur Tür rein. Jeden Tag ein paarmal.«

In diesem Augenblick ging wirklich die Tür auf, aber es erschien nicht Alfred, sondern Eugen.
Mary wischte sich schnell eine Träne ab.
»So, semmer fleißig?« Eugen schien gute Laune zu haben.
Evelyn posaunte ihm sofort entgegen: »Sie, Herr Eisele, hent Se des g'wißt? Die Mary kann Karte lege.«
Eugen sagte mit gespielter Empörung: »Des au no!«
Er stand da und guckte. Offensichtlich sah er gern, wie die beiden Frauen werkelten.
Mary hatte ihre Fassung rasch wiedergewonnen: »Hasch was dagege?«
Eugen schüttelte den Kopf. Er doch nicht. Wie sollte er.
»Das meiste habe ich leider verlernt. Aber ich glaube doch, ich sollte wirklich einmal die Amira kommen lassen. Da könnte ich alles wieder ein bißchen auffrischen. Ja, lassen wir doch die Amira einfach einmal kommen.«
Eugen fragte völlig uninteressiert: »Almira? Isch des a Wahrsagerin?«
Mary verbesserte: »*Amira!* Klar. Das ist eine von den Allerbesten. Eine Zigeunerin wie aus dem Bilderbuch. Rassig durch und durch.«
»Na hänget no vorher d'Wäsch weg.« Eugen lachte. So aufgeräumt wie jetzt gab er sich eigentlich nie ohne

Grund. Und schon ließ er auch die Katze aus dem Sack: »Ah, Mary, was i no han frage wella. Brauchscht du eigentlich die Remise?«
Mary schüttelte den Kopf. »Nein. Im Augenblick nicht.«
»No könnt i da mei Lager neimache?«
»Ich habe nichts dagegen!«
»Man dankt.« Eugen tippte sich grüßend an die Stirn, und schon war er verschwunden.
Mary schaute ihm vielsagend hinterher. »Wie der nett sein kann – wenn er was will.«
Evelyn legte ein neues Wäschestück ein. »Da musch aber allmählich scho a bißle aufpasse. Der macht sich ja sonscht vollends total breit.«
»Ach was. Vielleicht wäre mir des gar nicht so unrecht. Der würde sich wenigstens auch um das Sach kümmern.«
»Mary, hasch du was vor?«
Mary hob die Schultern. »Jetzt wart mal ab, bis die Amira da war. Das Weingut Kußmaul könnte man kaufen. Da wäre günstig Geld anzulegen.«
Diese Überlegung überraschte nun Evelyn doch ziemlich: »Willsch du dem Eugen Konkurrenz mache?«
Mary schüttelte entschieden den Kopf. »Man könnte doch zum Beispiel auch alles zusammenschmeißen. Fusionieren, wie die Konzerne.«
»Kußmaul und Eisele«, Evelyn verkostete die beiden Namen, »des klingt gar net so schlecht.«
Mary deutete auf sich. »So nicht. Wenn schon, denn schon. ›Eisele und Eisele‹ klingt auch nicht schlecht, oder?«

Die beiden Tore der Remise standen weit offen.

Mockele, Karle und Eugen waren dabei, das neue Lager einzurichten.
Eugen gefiel das alles sehr gut. »Sitzt, paßt, wackelt ond hat Luft. Was will mr mehr.«
Ziemlich schnoddrig fragte Karle: »Sag amal, was isch'n jetzt eigentlich? Verleget mir vielleicht onseren ganze Betrieb hierher?«
Diese Frage mochte Eugen gar nicht. »Des laß no mei Sorg sei!«
So leicht war aber Karle nicht abzuwimmeln. »Ond was ischt mit'm Neubau? Irgendwie isch's en der Richtung arg still worde en letztschter Zeit.«
Eugen bruddelte: »Kümmer du di no om dei Sach!«
Auf den Spruch hatte Karle gewartet. »Jetzt halt amal. Immerhin bin i Teilhaber. Fünfzehn Prozent, so g'sehe!«
«Bei fünfzehn Prozent isch mr ganz still. Do lang na. I sag dr no scho rechtzeitig B'scheid, wenn du ebbes wisse muscht!«
Karle grinste. »Na, ja. So g'sehe. Hier dät ja älles obache guet neipasse. Wenn mr da ganze Lade übernehme könne dät...«
»Ja, ja«, sagte Eugen. »Hoscht des eigentlich g'wißt, daß dei Tante Mary sich d'Karte lege läßt?«

Und wie das Leben eben so spielt, wenn es schon einmal beim Spielen ist – eines Tages, es war ein Ruhetag, fuhr hinter dem »Adler« ein schöner, extrateurer Mercedes auf den Parkplatz.
Der Chauffeur, ein junger, schwarzhaariger Zigeuner, spritzte heraus und riß hinten den Schlag auf. Eine prächtig gekleidete alte Zigeunerin stieg aus.
Der schwarze Zigeuner stieg vorne wieder ein und rauschte mit dem Daimler davon.

Mitten auf dem Parkplatz vom »Adler« in Weiningen stand mutterseelenallein, man ahnt es bereits, besagte Frau Amira, von der vorhin schon die Rede war. Sie schaute sich um. Sie wirkte bestellt, und wie es der Zufall so wollte, kam auf einmal ganz schnell der Eugen aus dem Haus.
Als Eugen die Zigeunerin sah, erschrak er überraschenderweise überhaupt nicht. Im Gegenteil. Strahlend schritt er auf die Frau zu, streckte ihr sogar seine Hand entgegen und sagte: »Jetzt Grüß Gott. Wenn mi net alles täuscht, müßtet sie die berühmte Frau Almira sein.«
Frau Amira antwortete: *»Amira.«*
Eugen nahm das gelassen zur Kenntnis. »Oder so!« Dann schaute er sich vorsichtig sichernd um und fuhr fort: »Hättet Sie denn für mi z'erscht no a halb's Stündle Zeit, Frau Amira?«
»Wenn Sie's bezahlen können!«
Eugen war offensichtlich bereit, etwas zu investieren. »Umsonscht ischt dr Dot. Aber jetzt dät'e scho arg gern mit Ihne gemeinsam amal a bißle en d' Zukunft gucke. Gehe mr doch grad amal am beschte da nüber.« Eugen wies Frau Amira mit großer Geste den Weg zur Remise.
Einige Zeit später waren dann Mary und Frau Amira allein in der Gaststube. Sie saßen am Familientisch. Mary schob das Kaffeegeschirr zur Seite und wischte die Kuchenkrümel vom Tisch.
Frau Amira holte ihre Karten heraus.
Mary schaute gebannt.
Amira legte langsam eine Karte nach der andern. Nach jeder Karte suchte sie Marys Blick. Endlich begann sie zu reden. »Da ... ein schwerer Schicksalsschlag. Tod... Verlust eines geliebten Menschen... du hast das Unglück schon hinter dir ... sei froh ... das Glück kommt zu-

rück ... Ich sehe einen Aufbruch ... Eine Reise ... vielleicht ... Der große Vogel! Sonne! Insel! Palmen! Meer ... Da ... da ... Herzbube ... Glück! Kreuz König! ... ein Mann ... schwarzes Haar über den kurzen Weg ...«
Marys Backen begannen zu glühen. Sie war ganz aufgeregt. Schließlich konnte sie sich nicht mehr bremsen: »Mach's halblang, Amira, mach's bloß halblang. Das klingt viel zu schön, um wahr zu sein. Da ist doch irgendwo ein Haken dabei!«
Amira überschaute noch einmal die Karten, als würde sie prüfen, ob sie auch nichts Falsches gesagt hatte. Dann lehnte sie sich zurück und lächelte. »Weißt du, manchmal muß man die Leute einfach zu ihrem Glück zwingen. Und du, auch du mußt dich vielleicht ein bißchen dazu zwingen ... Willst du, mußt du – mußt du, willst du.«
Frau Amira sagte den letzten Satz wie einen Zauberspruch. Dann beugte sie sich langsam wieder nach vorne und legte noch einmal einige Karten auf, insgesamt sieben Stück.
Dann fing Frau Amira wieder an zu erzählen. »Da ist ein Gegner ... ein Erzrivale ... aber schau ... schau ... der Rivale ist nicht dein Feind! Da ist schon wieder die Reise ...«
Je länger Frau Amira die auf dem Tisch liegenden Karten auslegte, desto mehr war Mary davon überzeugt, daß man einer Reise, die das Schicksal nun einmal für einen bestimmt hat, nicht entgehen kann.

Eugen war eigentlich immer ganz gut damit gefahren, daß er sich weder allzusehr auf glückliche Zufälle noch auf günstige Schicksalsschläge verlassen hatte. Er vertrat die Meinung: Im entscheidenden Augenblick a bißle nachhelfe, no braucht mr sich später nix vorwerfe.

Im »Adler« schlief noch alles, als Eugen in aller Herrgottsfrühe die Treppe herunterschlich und durch den Gang zum Briefkasten schlurfte.
Er mußte schlurfen, sonst hätte er womöglich noch seine Pantoffeln verloren. Über dem Schlafanzug trug er einen Bademantel. Es war recht frisch. In der Hand hielt er vorsichtig einen nagelneuen, farbigen Prospekt für Bungalows auf Mallorca mit viel Sonne, Meer und Palmen.
Eugen schloß den Briefkasten auf, holte die Zeitung heraus, legte den Prospekt vorsichtig hinein und schloß die Zeitung wieder in den Briefkasten. »So«, sagte er, »des wär jetzt des.« Zufrieden rieb er sich die Hände und schlurfte wieder von dannen.

Im »Adler« war es immer noch früher Morgen, aber jetzt schon zwei Stunden später. Mary hatte die Gaststube schon gelüftet. Es duftete nach frischem Kaffee.
Evelyn kam herein. Sie brachte wie jeden Morgen die Zeitung mit und legte sie auf den Tisch.
Evelyn war bester Laune: »Hola buenaz Diaz que tal hoy.«
Wenn sie am frühen Morgen schon Spanisch sprach, war das ein Zeichen dafür, daß José sie zur Arbeit gebracht hatte und auch sonst alle Dinge des Lebens zu ihrer Zufriedenheit geregelt waren. Gleich würde sie anfangen, eine Habanera zu trillern.
Für Mary ging der Tag immer etwas langsamer an. »Na, du bist aber schon wieder gut in Form!«
Evelyn sang etwas von Spaniens Gitarren und zog ihren Mantel aus.
Mary brachte zwei Tassen Kaffee an den Familientisch, setzte sich und griff automatisch nach der Zeitung. Die Werbung rutschte heraus. Sie fing sie gerade noch auf,

wollte sie schon wegschmeißen, da blieb ihr Blick an dem obenaufliegenden Mallorca-Prospekt hängen.
Mary überflog die Werbeschlagzeilen: »Mallorca. Wann war ich denn ... Das ist lange her. ›Hasta la vista Mallorca. Hasta luego – Mallorca. Ihr eigenes Ferienzuhause hoch überm blauen Meer‹.«
Evelyn setzte sich neben Mary und schaute mit ihr in den Prospekt. »Des sieht aber schee aus. So en Blick! Wenn oim so ebbes amal g'höre dät. Also dr José sagt ja, grad uff Mallorca däts no oheimlich scheene Eckle gebe. Dr ganze Tourismusrummel ond so, des wär bloß vorne ...«
Mary hielt fasziniert den Prospekt in der Hand. Sie war ganz aufgewühlt. »Also nein ... das kann doch kein Zufall mehr sein! Wirklich nicht. Wenn das kein Zeichen ist! Evelyn, ich glaube, ich muß fort!«
»Und was isch mit der Firma Eisele und Eisele?«
Das war im Augenblick Marys geringste Sorge. »Nichts«, lachte sie. »Die Sterne wollen's nicht.« Mary schaute Evelyn wie befreit an. »Und ich eigentlich auch nicht.«

Der Himmel über Weiningen war bedeckt.
Es herrschte ein Wetter, bei dem man eigentlich ganz gern in südliche Gefilde aufbricht.
Vor dem »Adler« stand ein Taxi. Eugen schleifte zwei dicke Koffer heran. Er stellte sie hinter das Taxi und sagte leise zu sich: »Ab nach Spanien!« Dabei grinste er höchst selbstzufrieden. Er bemühte sich, in eine Richtung zu gucken, wo niemand sein Gesicht sehen konnte.
Der Taxifahrer verstaute die Koffer. Mary kam in schikker Reisekleidung aus dem Haus. Evelyn und Elsbeth begleiteten sie. Evelyn umarmte Mary. »Hasta la vista!«

Elsbeth gab Mary die Hand und tätschelte ihr den Arm. »Also, Mary, gute Reise. Jetzt erholsch dich halt guet.«
Eugen gab Mary die Hand. »Ond wenn du so a Häusle kaufe willscht, schickscht oifach a Telegramm. 'S Geld marschiert dann scho!«
Mary wurde es plötzlich ziemlich blümerant. »Also, man weiß ja nie genau, wie das Schicksal mit einem spielt.«
»Mr mueß em bloß auf de Trappe helfe«, sagte Eugen hinter vorgehaltener Hand zu Elsbeth und ging noch einmal, völlig überflüssigerweise, zum Kofferraum, um nachzusehen, ob das Gepäck auch richtig verstaut war.
Mary hatte irgendeine Hemmung, in das Taxi einzusteigen. Plötzlich brach sie in Tränen aus. Evelyn versuchte sie zu trösten.
Elsbeth nahm Mary in die Arme. »Ach, Mary! Jetzt freu dich doch eifach a bißle!«
Unter Tränen sagte Mary: »Also, mein Testament liegt beim Notar Ruisinger in der Esslinger Straße – falls mir was zustoßen sollte.«
Plötzlich war auch Eugen etwas hin- und hergebeutelt. »Ha, des wolle mr dann au wieder net hoffe!«

Die Abmagerungskur

Im »Adler« war Ruhetag. Trotzdem waren fast alle, die zum engeren Eiseleschen Kreis gehörten, in der Gaststube versammelt.

Um den großen Tisch herum saßen Elsbeth, Rosa, Eugen, Hemmerle und Tante Klara, Elsbeths jüngere Schwester. Evelyn war auch da, obwohl sie eigentlich ihren freien Tag hatte.

Das Mittagessen war gerade beendet. Alle sahen satt und zufrieden aus, und es war auch noch etwas übrig geblieben. Auf der Platte lagen noch ein paar Scheiben Braten. Es gab noch Sauce und eine ganze halbe Schüssel voller Spätzle.

Eugen lehnte sich zurück, schaute in die Runde und sagte, was an dieser Stelle von seiner Seite aus zu sagen war: »Guet war's, reichlich und weit über unsere Verhältnisse!« Es klang wie ein Dankgebet.

Evelyn stand auf. »No kann i ja abräume!«

Tante Klara griff nach der Spätzlesschüssel. »Ha, kommet, des esse mr doch no, des lasse mr doch net verkomme!« Es war wirklich überraschend, wie schnell sich die schwergewichtige Klara bewegen konnte, wenn es ihr darauf ankam.

Eugen lächelte maliziös. »Ja, gell, dr Honger zwingt's scho nei.«

Elsbeth wollte jetzt keine Bäfferei und kein Rumgezerfe. »Die Spätzle kann mr aufbrate. Bei ons verkommt nix.«

Hemmerle wandte sich in einer ganz väterlichen An-

wandlung an Evelyn: »Wollet denn Sie net no was esse, Fräulein Evelyn. Sie könntet doch gut no was vertrage mit ihrem Figürle.«
»Figürle!« Eugen schaute Evelyn abschätzig an. »A Hänfling isch se. Komm, Mädle, iß ebbes, damit d' was wirscht, bis du dei Rente kriegscht.«
Evelyn hatte keine Figurprobleme. Sie posierte keck. »I fühl mi wohl in meiner Haut. I brauch doch koine solche Reservereife om da Bauch rom wie Sie.«
Irgendwie hatte Tante Klara plötzlich den Eindruck, daß das Leeressen der Schüsseln nun doch wieder an ihr hängenbleiben würde. Mit einem entschlossenen »Ja, wenn des so ischt«, griff sie in Richtung Sauciere und Bratenplatte. Doch Evelyn war schneller. Sie nahm Braten, Sauce und auch gleich noch die Schüssel mit den Spätzle und brachte sie in Sicherheit.
Eugen strahlte aus beiden Augen und verzog keine Miene dabei.
Tante Klara schaute Evelyn äußerst abschätzig hinterher. »Dui ischt ja wirklich bloß Haut ond Knoche. Ob die net d'Magersucht hat?«
Rosa seufzte. »Ja, ja. Des hat mr jetzt häufiger bei dene jonge Denger. Ich hab's erscht neulich wieder em ›Silberne Blatt‹ g'lese.«
Hemmerle legte den Kopf etwas schief und gab sich ganz fachmännisch. »So dünn ischt ja nun des Fräulein Evelyn auch wieder net.«
»Findesch du?«
»Ja«, antwortete Hemmerle, streichelte Rosas Handrükken und schaute sie amüsiert an.
Im Brustton der Überzeugung sagte Klara: »Als i so jung war, war i au net viel dicker.«
Hemmerle schaute Klara an. Sie wog jetzt gut und gern

ihre zweieinhalb Zentner, sicher sogar noch etwas mehr. Evelyn brachte bestimmt nicht einmal 45 Kilo auf die Waage. Sie war wirklich ein Strich, fast ein Strich. Ein Figürchen hatte sie eben trotzdem noch. Hemmerle konnte sich Klara als Strich in der Landschaft einfach nicht vorstellen. Die menschliche Phantasie ist ja zu manchem fähig, dachte Hemmerle, aber sie hat eben auch ihre Grenzen, zumindest bei mir. Er lachte leise in sich hinein.

Elsbeth lachte einen richtigen Schochen hinaus. »Klara!«

Elsbeth hatte ihre Schwester offensichtlich nicht ganz so dünn in Erinnerung.

»Ha komm, ha komm!«, Klara tat ganz empört.

Elsbeth besänftigte sie: »Na ja, so gut beianander wie jetzt warsch früher wirklich net.«

Eugen hatte inzwischen angefangen, die Ersatzreifen um seinen Bauch abzutasten. Offenbar hatte ihn Evelyns Bemerkung getroffen. »Ersatzreife! So dick ben i doch gar net!«

Elsbeth tröstete ihn: »Jetzt komm, Eugen! Bei dir sagt mr net, du seiescht dick. Du bischt oifach stattlich.«

Hemmerle krönte Elsbeths Trost noch durch ein Dichterwort: »Bertolt Brecht hat g'sagt: ›Dieser Bauch, wohlgebaut aus Speisen.‹«

Eugen konnte darüber nur sehr gequält lächeln. Er umfaßte seinen Bauch mit beiden Händen: »'S ischt älles zahlt.«

Feierabend.

Schlafengehenszeit.

Elsbeth lag schon im Bett.

Eugen stand im Schlafanzug mit offener Jacke vor dem

Spiegel und begutachtete seinen Bauch. Er zog ihn ein, ließ ihn wieder hängen, wie er nun einmal war, drückte ihn raus und zog ihn wieder ein.
Elsbeth beobachtete das. »Aber sonscht bischt g'sond?«
Eugen drückte seinen Bauch heraus, soweit es ging. »Ja, ond i kann au alles esse. Aber des isch's ja grad...!«
Eugen zog den Bauch wieder ein.
»Du wirscht mr doch net au mit dera Spinnerei afange. Du bischt doch wirklich net z'dick. Ond im übrige: In deim Alter braucht mr au a bißle en Vorrat.«
Das konnte ihn nun überhaupt nicht trösten. Im Gegenteil. »In meinem Alter«, murmelte er und nickte seinem Spiegelbild mit tragischer Miene zu. Dann machte er noch einen letzten Versuch, den Bauch so einzuziehen, daß er ein für allemal verschwunden blieb.

Am nächsten Morgen nahm die Tragödie um Eugens Figurprobleme ihren Fortgang.
Elsbeth war noch im Bad. Eugen hatte sich gerade angezogen. Er trug ein viel zu enges Polohemd und eine sehr knapp sitzende Hose. Vor dem Schlafzimmerschrank stand ein Karton mit Kleidern, den Eugen gerade durchgewühlt hatte.
Elsbeth kam angezogen aus dem Bad. Als sie Eugen so sah, schüttelte sie verständnislos den Kopf. Eugen posierte schon wieder vor dem Spiegel und versuchte, den Gürtel noch um ein Loch enger zu schnellen. »Wo hascht denn des g'funde? Des habe mr doch nach Pole schicke wolle.«
Elsbeth wußte nicht genau, ob sie sich schon ernsthafte Sorgen machen mußte. Ganz genau wußte sie allerdings, daß sie jedes Wort, daß sie ab jetzt in seiner Gegenwart zum Thema Abnehmen sagen würde, vorher auf die

Goldwaage legen mußte. Sie lächelte. »Eugen, meinscht net, daß es dafür scho a bißle z'kalt isch?«
Eugen sagte nichts. Er begutachtete noch einmal sein Profil im Spiegel und stolzierte dann mit eingezogenem Bauch hinaus. Dynamisch ließ er hinter sich die Tür ins Schloß fallen.
»Na, ja.« Elsbeth nickte. »Des Menschen Wille ist sein Himmelreich.«
Sie schüttelte die Betten auf.

Evelyn deckte in der Gaststube den Frühstückstisch für die ganze Familie. Sie war schon fast fertig. Tante Klara saß bereits auf ihrem Platz. Sie war schon mitten in der Arbeit. Auf ihrem Teller lagen bereits vier halbe Brötchen, opulent belegt. Ein fünftes bestrich sie gerade sorgfältig mit Butter.
Tante Klara spürte, wie Evelyn sie immer wieder beobachtete: »Wissen Sie, Fräulein Evelyn, ich richt's mir immer vorher, was ich essen darf. Dann komm ich net so leicht in Versuchung und schlag au net über d'Sträng. Des hab ich im Sanatorium von Professor Weißkäs g'lernt. Und daran halt ich mich ganz schtrikt.«
Das glaubte Evelyn sofort. »Ja, gell. Disziplin ischt halt alles!«
Wie auf's Stichwort kam Eugen zur Tür herein. Brust raus, Bauch rein, steif wie ein Gardeoffizier, stolzierte er auf den Familientisch zu. Der Auftritt war ganz für Evelyn bestimmt, und die reagierte auch. »Super, Herr Eisele!«
Eugen war geschmeichelt.
Aber Evelyn konnte ihr Schandmaul einfach nicht halten: »Aber jetzt bloß nemme schnaufe!«

Hemmerle und Karle waren im Büro, um die Aufträge zu besprechen, die im Laufe des Tages erledigt werden mußten. Karle stand am Fenster. Hemmerle saß hinter dem Schreibtisch, las und sortierte die Post. »Dr Griesmaier b'stellt 1400 Flaschen Riesling.«
Karle begann zu kichern.
»Was gibt's denn da zu lache?«
»Eugen trainiert für Olympia!«
»Was ischt?« Hemmerle blickte von seiner Post auf. Er stand auf und ging zu Karle ans Fenster. Ein breites Grinsen breitete sich über sein Gesicht. »Es ist wirklich unglaublich!«
Es war auch unglaublich.
Unten im Garten lag Eugen auf einer Bank und machte Bauchmuskeltraining: Beine hoch und Beine ab und Knie an die Brust und Beine streckt und und und...
»Da sagt so a dürre Goiß einem ganz normale Mann, er sei z'dick, ond scho kriegt der da Rappel.« Karle wäre sowas sicher nie passiert.

Man saß bei einem ganz normalen Mittagessen am Familientisch.
Es war fast wie an jedem Tag, und es schmeckte fast allen richtig gut. Es gab Linsen mit Spätzle, Bauchspeck und Saiten. Es roch köstlich. Von den Linsen und dem, was dazugehörte aßen alle, bis auf Eugen. Der hielt ein Schälchen mit Quark in der Hand, das er verbissen, hastig und in schlechtester Laune auslöffelte.
Karle fühlte sich besonders stark. Vielleicht wollte er auch eine Mutprobe riskieren. »Onkel Eugen, du muscht besser kaue, sonscht wirsch ons ja no krank. Jeden Bisse mindeschtens 33–34 Mal.«
Eugen fühlte sich schon so schwach, daß er sich mit ei-

nem vernichtenden Blick zu Karle hinüber begnügte. Als er fertig war stellte er sein leeres Schälchen hart auf den Tisch., »Ja, was isch? Wie lang wellet ihr denn no esse? Mr könnt scho lang wieder schaffe!«
Eugen stand auf. »I jedenfalls mach jetzt weiter!« Mit schwerem Schritt marschierte er hinaus.
Eugen Eisele – ein Schicksal.
Evelyn fühlte sich inzwischen gar nicht mehr wohl in ihrer Haut. »Des duet mr ja echt leid, Frau Eisele. Aber wer denkt au, daß grad Ihr Mann mei domm's G'schwätz so ernscht nemmt!«
Elsbeth lachte. »Oh Mädle! I hätt ihm des amal sage solle, no dät er grad doppelt soviel esse wie vorher.«
Der Dichter Hemmerle sah das ganze allerdings noch von einer anderen Warte aus: »Ein einziger unschuldiger Satz und solch eine Wirkung! Davon kann ein Mann des Wortes nur träumen!«

Eugen saß in seinem Büro an seinem Schreibtisch und war für niemand zu sprechen. Er war von Bücherstapeln völlig eingemauert. Die Bücher trugen alle den Stempel der Stadtbibliothek. Den Titeln nach hatte er sich alles Verfügbare zusammengesucht, was über Diäten und Schlankheitskuren in der Stadtbibliothek zu finden war.
Eugen las und verglich und machte sich Notizen, als würde er an seiner Doktorarbeit schaffen.
Es klopfte.
»Ja, was ischt denn?«
Seine Schwägerin Klara schob sich ins Büro. Sie war schon ein Mordstrumm. »Ich hab dr bloß ade sage wolle. Dr Karle fahrt me zom Bahnhof.«
»Ade!«
Eugen blickte gar nicht erst von seiner Arbeit auf.

Doch Klaras flinke Augen hatten schnell entdeckt, womit sich ihr Schwager beschäftigte. Diäten und Schlankheitskuren, das war, wenn nicht überhaupt das, so doch mindestens eines ihrer Lieblingsthemen. Da kannte sie sich aus. Ohne sich von Eugens abwehrender Haltung auch nur ein bißchen beeindrucken zu lassen, nahm sie ein Buch nach dem andern in die Hand.
»Hasch de scho entschiede?«
»Für was?«
»Weischt scho, welche Diät du als erschte machscht?«
»Noi.«
Damit hatte Eugen mindestens ein Wort zuviel gesagt. Jetzt war Klara nicht mehr zu bremsen. »Also. Dr. Klingenhofer, da dät i abrate: Gelbe Rübe, rote Rübe ond jeden dritten Tag a Glas lauwarmer Moscht! Des muß net sei... des au net... da... Schrotkur, des kascht net dahoim mache, obwohl, zu dir dät's passe, weil mr da au bloß da ganze Dag em Dullo romlauft. Da, dr Doktor Meier!... des isch halt gar nix für onseroin. Von morgens bis abends nix, absolut nix ond zwischenei hafeweis en lapprige Tee, ond irgendwann amal a altbaches Brötle mit Sauermilch... Saftkur... laß me bloß en Ruhe! Mayo... danach kannscht du dei Lebtag koine Eier meh sehe. I han alles durchprobiert, glaub mir's. Ond i sag dir, 's gibt bloß eins: ›Schlank und erfüllt mit Dr. Steinbeißer‹. Des hilft mir am beschte!« Klara legte Eugen das Werk von Dr. Steinbeißer unter die Nase.
Eugen fragte: »Wann geht dein Zug?«
Klara schaute auf ihre Uhr. »Om dr Gotteswilla! I müßt ja scho längscht fort sei. Ade Eugen... ond viel Erfolg, gell!« Klara rannte hinaus.
Eugen legte den Dr. Steinbeißer auf einen der Stapel zurück. Langsam klappte er die drei Bücher, die er gerade in

Arbeit hatte, zu. Er war verzweifelt. »Wenn mr des bedenkt, daß mr sechzig Jahr völlig falsch g'lebt hat!«
Eugen wußte nicht mehr aus noch ein.

Elsbeth stand in der Küche an der Durchreiche und telefonierte mit dem Hausarzt. Mit Doktor Lämmle konnte man reden. Außerdem war er ein Schulkamerad von Eugen. »Also Herr Doktor Lämmle, i kann des nimmer mit ansehe. Ja, noi, ja der macht sich völlig kaputt, und uns treibt er noch alle in den Wahnsinn. I möcht bloß wisse, was in dem Mann vorgeht... Ja, des wär nett.«
Elsbeth reckte den Kopf. Draußen auf dem Hof vor den Küchenfenstern tobte jetzt Eugen herum.
»Des ischt doch net zom aushalte! Han i eigentlich bloß Dagdieb ond Nixkönner om mi rom?«
Elsbeth nickte und sprach wieder ins Telefon: »Er trinkt halt a bißle viel dafür, daß er nix ißt!«
Karle kam in die Küche. Er ließ sich auf den nächstbesten Hocker fallen. Er war fix und fertig. »Also, des hält dr stärkste Mann net aus!«
Elsbeth brachte ihr Telefongespräch zu Ende. »Aber bitte, Herr Doktor Lämmle, fanget Se's bloß g'schickt a. Danke. I dät's Ehne au nie vergesse.«
Elsbeth legte den Hörer auf.
»So. Jetzt wolle mr doch amal sehe.«
Karle stöhnte.
Elsbeth beruhigte ihn. »Musch mr gar nix sage.«

Rein zufällig war Doktor Lämmle im »Adler« vorbeigekommen, um ein Viertele zu trinken. Als er Eugen sah, tat er ganz erschrocken. Gleich beim Händeschütteln bemerkte er, wenn einer so aussähe wie der Eugen, müsse er ihn, wenn er nun schon zufällig da sei, unbedingt ge-

schwind untersuchen. »Des sieht mir ja ganz so aus, als ob da irgendwas bei dir net rechter Art isch.«
Eugen ging willig wie ein Opferlamm mit Doktor Lämmle ins Schlafzimmer nach oben und zog seine Jacke, sein Oberhemd und sein Unterhemd aus. Doktor Lämmle holte sein Stethoskop heraus und begann Eugen abzuhorchen. »Tief einatmen.«
Eugen atmete tief ein.
»Ausatmen.«
Eugen ließ die Luft wieder raus.
»Hasch was g'hört?«
»Noi, i glaub, du bischt unheilbar g'sond.«
»Des isch jetzt scho g'schickt, daß du vorbeikomme bischt«, sagte Eugen dankbar.
»A Hausarzt mueß halt scho a bißle a G'schpür dafür han, wenn er sich om seine Patiente kümmere muß.«
Eugen hatte eigentlich ein bißchen ein schlechtes Gewissen. Langsam rückte er damit raus: »'S schreibet nämlich alle, daß mr solche Abmagerungskure nur unter ärztlicher Kontrolle mache soll.«
Doktor Lämmle wurde jetzt etwas strenger; er sah Eugen scharf an und fragte betont sachlich: »Wie isch denn dei Gesamtbefinde?«
Eugen winkte ab. »Frag me net!«
»Symptome?«
»Da weiß i gar net, wo i afange soll.«
»Schwindelanfälle?«
»Genau.«
»Schlechter Geschmack im Mund?«
»Du sagscht es!«
»Leichte Erregbarkeit?«
Eugen nickte. »Des kasch wohl sage.«
»Nachts schwere Träume?«

»Stemmt. Jetzt komm! Schwätz scho! Was han i dann, wenn i des alles han?«
»Bleib ganz ruhig. Des krieget mir en Griff. I schreib dr was auf!«

Doktor Lämmle setzte sich auf die Bettkante und begann ein langes Rezept zu schreiben.
Eugen zog sich wieder an, und als er fertig war, schrieb Doktor Lämmle immer noch.
Eugen wurde es ganz unheimlich zumute. »Schreib bloß net soviel auf. Hosch no nix g'hört von der Koschtedämpfung im Gesundheitswese? Außerdem weisch ja, daß i net da ganze Dag Zeit han zom Tablette ond Tropfe zähle.«
Endlich war Doktor Lämmle fertig. Er riß das Rezept schwungvoll vom Block und reichte es Eugen.
»Des isch jetzt amol für die erscht Woch.«
Eugen nahm das Rezept und las:

»Montag: Linsen mit Spätzle, zwei Viertel Trollinger.
Dienstag: Gaisburger Marsch, ein Viertel Trollinger.
Mittwoch: Kutteln mit Bratkartoffeln, drei Viertel Lemberger ...«

Der Zahnarzt

Eugen und Karl arbeiteten im Hof. Ein Lastwagen hatte gut 200 Kisten Leergut gebracht; jetzt sortierten und stapelten sie die Flaschenkisten.
Karl setzte gerade eine Kiste ab und richtete sich auf; er atmete tief durch und stützte mit der flachen Hand sein lahmes Kreuz.
»Komm, komm, mir send no lang net fertig«, trieb ihn sein Onkel an.
Aber Karl wußte schon, mit welchen Reizthemen er seinen Onkel ablenken konnte. »Woisch, was der Pomerenke g'sagt hat...?«
»Dr Herr Doktor Pomerenke«, verbesserte ihn Eugen, »so viel Zeit mueß sei«, fuhr dann aber fort: »Woher soll i des denn wisse, wo i gar net dabeig'wese ben?!«
Karl zitierte den Doktor: »Ein Schwabe würde diesen Wein einen Simsenkrebsler nennen.«
»Noja, wenn er koin G'schmack hat, der Herr Doktor, ischt des sei Sach, aber daß jetzt auf oimal älle aus seim Herreclub Chianti, Bordeaux oder sogar Chablis saufe müeßet, bloß weil der Lackaff mein Wei net versteht...!«
Karl sah seinen Onkel aus den Augenwinkeln heraus an. »Dr Hemmerle hat's ausg'rechnet: Umsatzverlust 24000 Mark über's Jahr.«
Jetzt wurde Eugen doch noch fuchtig. »Des müeßt mr dem Weißkittel, dem elende, hoimzahle – mit Zins und Zinseszins!«

Karl nickte heftig. »Ischt no koi Jahr en Weininge und spielt sich derartig auf!«
»Naja, immerhin isch'er Vergnügungswart beim Tennisverei, Vorstand bei dene vornehme Clubseggel und Kreismeister bei de Lateinamerikanische Tänzer. Ond was bischt du?«
Nicht ohne Stolz antwortete Karl: »Zeugwart beim Fußballverei!«

Daß der junge Zahnarzt ganz offensichtlich seinen Einfluß in allen Gremien geltend machte, um den heimischen Wein durch exotische Gewächse aus Frankreich, Italien oder Spanien zu ersetzen, ließ Eugen nicht ruhen. Jahrelang hatte er eine Art Monopol bei der Belieferung der Vereinsgaststätten gehabt. Jahresfeiern richtete er getränkemäßig höchstpersönlich aus. Zugegeben, er hatte sich in den letzten Jahren nicht mehr sonderlich um diese Aufträge bemüht. »Auf a g'wieß Esse kann mr warte«, pflegte er zu sagen, »da steckt mr nix in d' Werbung, des kommt von selber«. Und nun kamen die Aufträge eben nicht mehr automatisch. Der rührige Doktor Pomerenke verglich die Preise und prüfte die Qualität verschiedener Angebote. Eugen hatte sich auf diesen Wettbewerb gar nicht erst eingelassen. Aber natürlich, 24 000 Mark Verlust im Jahr, das gedachte er nicht kampflos hinzunehmen. Er wußte schon, wie man mit so einem Reing'schmeckte fertig werden würde – glaubte er.

Rosa hatte ihre drei besten Freundinnen zum Kaffeekränzchen eingeladen. Im Nebenzimmer des Gasthofs »Adler« war ein Tisch festlich gedeckt. Es gab Guglhupf, Obstkuchen, zwei Kristallschüsseln voll Sahne und natürlich reichlich Kaffee.

Oben am Tisch saß Anneliese Finkbeiner, eine noch ältere Jungfer als Rosa; rechts von ihr Marie Rösle, die ein bißchen so war wie sie hieß, links von Frau Finkbeiner thronte Frau Rapp auf einem Stuhl, die aber als Frau Pfarrer angesprochen wurde.
Für einen heimlichen Beobachter der Szene wäre es schon erstaunlich gewesen, wie vier Frauen gleichzeitig sprechen und offensichtlich auch zuhören konnten.
Doch einmal erhob sich Rosas Stimme über die der anderen: »Ja, die rheumatische Sache, die sind ebbes Böses – ich hab's ja so im Kreuz und dann hab ich's ja auch noch so mit meine Nebenhöhlen...«
Frau Rapp wollte nicht zurückstehen. Sie hob mühsam ihren rechten Arm und faßte mit der linken Hand an die Schulter: »Da, gucket Se, da tut's mr weh – manchmal kann i mein Arm kaum mehr hebe.«
»Da sind Se ja no guet dran«, mischte sich Frau Finkbeiner ein, »wisset Se, i mit meim Ischias...«
»Ich find, mr darf net klage«, warf Frau Rösle fröhlich ein, »sonst dät i ja gar nemmer draus raus komme mit meiner Allergie – Hausstaub isch des Schlimmste, und i hab Hausstaub! Da isch a Heuschnupfe fast scho a Vergnüge dagege.«
»Aber so schlimme Schmerze wie beim Ischias«, sagte Frau Finkbeiner, »des isch so schlimm wie Zahnschmerze, nur noch schlimmer, sag ich Ihne.«
Rosa kicherte. »Naja, für Zahnschmerze, da habet mr ja jetzt an ganz besonders feine Zahnarzt, net wahr...«
»Sie meinet den Herrn Doktor Pomerenke«, meldete sich Fräulein Rösle aufgeregt. »Also ich find den ja ausgesproche nett, und so zuvorkommend...«
»Ja, mr hört öfters, daß viele Leut gern zu ihm gehet, vor allem manche alleinstehende Fraue!« Wie gehässig diese

Äußerung von Frau Finkbeiner gemeint war, konnte man ihr am Gesicht ansehen.
Rosa schlug in die gleiche Kerbe: »Des isch doch ein ausgemachter Play-Boy!«
»Aber als Zahnarzt hat er was los«, meinte die Pfarrersfrau.
»Und so sanft isch'er!« schwärmte Fräulein Rösle.
Rosa sagte bestimmt: »Also von uns geht niemand zu ihm.«
Frau Finkbeiner blieb bei ihrem gehässigen Ton. »Aber da isch ja wohl net des guete Gebiß von Ihrem Bruder dran schuld, oder?«
Auf's Stichwort kam Eugen herein. Er hatte eine Cognacflasche und einen Schwenker in der Hand. Erstaunt sahen ihm die Frauen entgegen, wußte man doch, daß er das Kaffeekränzchen nach Möglichkeit mied. Mit viel aufgesetzter Freundlichkeit rief Eugen: »Ja, jetzt grüß Gott die Damen, des isch jetzt aber amal a Glanz in dieser Stube!«
Mißtrauisch schaute ihn seine Schwester an. »Jetzt da guck na – dr Eugen. So charmant, mr traut ja seine Sinne net.«
Eugen gab sich ganz als Kavalier. »Ha komm, so ben i doch emmer, Rosa, des merkscht du bloß nemme.«
»Also ich kenn Sie scho auch anders, Herr Eisele«, sagte Frau Finkbeiner.
Rosa lud ihn mit einer freundlichen Geste ein. »Magsch 'n Kaffee mit trinke?«
Eugen goß sich statt dessen einen Cognac ein. »I glaub, i trink lieber ebbes G'scheits.« Er hob sein Glas. »Auf Ihr Wohl meine Damen.«
Fräulein Rösle zeigte ihr Befremden. »Das Sie des scho könnet – am hellichte Tag!«

Frau Rapp dagegen sagte nicht ohne Koketterie: »Könnt ich vielleicht auch einen bekomme? Dr Kuche war halt so arg guet!«
»Der isch ja au selber g'macht«, meldete sich Rosa stolz, »dr Bäcker nimmt ja net so viel guete Butter!« Dann wendete sie sich an Eugen: »Mir habet's grad vom Doktor Pomerenke g'habt.«
Eugen kniff die Augen zu. Das traf sich gut, denn Pomerenke war der eigentliche Anlaß, warum er sich unter die kaffeetrinkenden Damen gewagt hatte. »Er soll ja a ausgezeichneter Zahnarzt sei, wenn er auch...« Eugen ließ den Satz in der Luft hängen und brummelte dann: »Aber i will ja nix g'sagt han.«
»Was habet Se g'meint?« wollte Fräulein Rösle wissen.
»Naja, mr will ja niemand was nachsage...« Eugen nahm einen kräftigen Schluck.
»Sie machet oin direkt neugierig«, sagte Frau Finkbeiner.
»Des war aber bestimmt net mei Absicht«, log Eugen.
Nun wurde die Pfarrersfrau resolut: »Also, wer A sagt, muß auch B sage, und wer gackert, soll au lege!«
Eugen ließ sich auf die vordere Kante eines Sessels nieder und balancierte das Cognacglas auf der flachen Hand.
Frau Rapp, die noch immer darauf gewartet hatte, ebenfalls einen Cognac zu bekommen, bediente sich nun selbst.
Eugen gab sich versonnen: »Naja, mir fällt halt auf, net wahr – jetzt isch er grad a Jahr selbständig. Und was fährt er für a Auto? Und was hat er für a Haus? Und net wahr... also de meiste Männer genügt ja ihr eigene Frau...«
Jetzt war aber Feuer unter dem Dach. Die Damen waren richtiggehend aufgescheucht. Wild redeten sie durchein-

ander, bis sich Frau Finkbeiner Gehör verschaffte. »Sind des Vermutunge oder wisset Sie was Genaueres?«
Eugen wiegte den Kopf hin und her. Aus seinem Mienenspiel konnte man durchaus entnehmen, daß er eine ganze Menge wußte. »Also i hab nix g'sagt – gar nix! Mr weiß doch, wie schnell sowas rum ischt em Flecke!«
»Sie habet immerhin angedeutet...« herrschte ihn Frau Rapp an.
»Falsch!« fuhr ihr Eugen in die Parade. »Entschuldiget Se no, Frau Pfarrer, ich hab Beobachtunge wiedergegebe, weiter nix. Wenn jemand Schlüsse draus zieht, net wahr, dann isch des ganz allei sei Sach!«
Nun meldete sich Rosa. »Des hab ich auch g'hört, daß er in Stuttgart drenna oine häb – wenn ich's recht g'hört hab, sogar eine vom Theater!«
Eugen verbesserte sie mild: »Vom Ballett!«
Wieder verbreitete sich eine gewisse Aufregung. Eine Tänzerin also, das galt in Weiningen noch allemal als etwas, das ein gewisses »Gerüchle« hat.
»Naja – wenn mr en Stuttgart zusätzlich ein Appartement zahle muß...« Eugen beobachtete genau, wie seine Worte wirkten, die nun durch Rosa noch verstärkt wurden, als sie rief: »A Liebesnestle!«
»Des koschtet ja älles!« schob Eugen nach.
Fräulein Rösle war noch nicht bereit, ihr Idol fallenzulassen. »Naja, er ist ja auch ein Bild von einem Mann, und vielleicht – mr woiß es ja net – i mein, vielleicht ischt sei Frau...« Fräulein Rösle legte die Hand auf den Mund. Für ihre Verhältnisse war sie doch ein bißchen weit gegangen. Aber Frau Rapp hatte schon verstanden und sagte resolut: »Also auf mich wirkt die nicht frigid!«
»Unsereins hat da ja kei so recht's Gespür dafür«, sagte Frau Finkbeiner, »ich mein, als Frau...«

Eugen stand auf und seufzte. »Also, ich geh net zu ihm. Mei Krankekasse hat auch so scho viel zu hohe Ausgabe...« Er verneigte sich nahezu vollkommen vor den Frauen des Kaffeekränzchens, sagte »meine Damen!« und ging hinaus.
Einen Augenblick herrschte Ruhe. Dann meldete sich aber Frau Finkbeiner: »Also wenn er Schmuh macht, der Pomerenke...«
»Wie soll er denn des mache?« wollte Fräulein Rösle wissen.
»Des wär ja net 's erschte Mal, daß ein Zahnarzt mehr abrechnet als er g'macht hat«, erklärte Rosa. »So ein Krankenschein ischt schließlich geduldig.«

Eugen war sehr zufrieden mit den Bomben, die er im Kaffeekränzchen gelegt hatte. Der Zeitzünder tickte. Man konnte darauf warten, daß sich die Gerüchte, die er gegen seinen Feind ausgestreut hatte, bald im Dorf herumsprechen würden. Und man wußte ja, wie so etwas wirkte: »Irgend ebbes ischt emmer dran«, pflegte man in Weiningen zu sagen.
Abends saß Eugen im Wohnzimmer und las die Zeitung. Elsbeth, die unter der Stehlampe im Sessel saß, ließ plötzlich ihr Strickzeug sinken. »Ich hab heut in der Buchhandlung die Frau vom Doktor Pomerenke getroffe.«
Eugen schaute auf. »Was tuscht du denn in ere Buchhandlung?«
»Du wirsch's net glaube, ich hab mir was zum Lese kauft. Aber vielleicht hätt ich noch an juristische Ratgeber mitbringe solle.«
»Und warum jetzt des?«
»Weil mich interessiert, was auf üble Nachrede steht.«
Eugen, der spürte, daß etwas gegen ihn im Busch war,

faltete die Zeitung zusammen. »Sag amal, was schwätzsch denn?«
»Dr Herr Doktor Pomerenke ischt von Haus aus ein wohlhabender Mann«, sagte Elsbeth und betonte jedes Wort sorgfältig. »Des hascht du ganz genau g'wußt. Sei Vadder hat a Klinik für Kieferorthopädie in Nürnberg.«
Eugen wurde es ziemlich unbehaglich. Er war allerdings bemüht, dies nicht zu zeigen. »Ja, und?«
»Und die Frau, mit der er sich regelmäßig in Stuttgart trifft, ischt sei Schweschter. Sie ischt Mitglied im Corps de Ballet.«
Eugen verstand seine Frau nicht. »Was ischt denn jetzt auch des?«
Elsbeth lächelte. »A Ballettratt, könnt mr sage.«
Eugen hatte nun wirklich ein schlechtes Gewissen, und wie die meisten Leute in einem solchen Fall wurde auch er aggressiv. »Du hättest Detektiv werde solle – oder no besser: les weniger Kriminalroman'!«
»Du weischt ganz genau, was dei Schweschter und ihre Kaffeeklatschtanten em Dorf romverzählet.«
Eugen winkte geringschätzig ab. »Weibertratsch!«
»Von einem Mann erfunde!« sagte Elsbeth. »Hoffentlich duets dr net no amal leid!«

Der Tag, an dem es Eugen leid tun sollte, kam schneller als gedacht.
Es war früh am Sonntagmorgen, wenige Tage, nachdem Eugen seine Bomben gelegt hatte. Rosa und Elsbeth saßen beim Frühstück, als Eugen fast vollkommen vermummt in die Gaststube trat. Er hatte einen dicken Wollschal um den Kopf gebunden und war wirklich ein Bild des Jammers. Rosa starrte ihn an. »Ja du lieber Gott, was hascht denn?«

»Den Weisheitszahn hätt er sich vor zwanzig Jahr scho ziehe lasse müsse«, erklärte Elsbeth.
Eugen ging zum Tresen, schenkte sich einen Schnaps ein, schüttete ihn hinunter, goß das Glas gleich ein zweites Mal voll und begann gluckernd den Mund zu spülen. Reden konnte er deshalb nicht, aber das besorgten die Frauen ohnehin.
»Ja, da muß mr doch was mache!« rief Rosa.
Gnadenlos erwiderte Elsbeth: »Mit dr Zange kriegt mr den Kerle nemme raus, den mueß dr Zahnarzt rausmeißle!«
»Ja trotzdem, je schneller mr des macht, um so besser«, meinte Rosa.
»Aber heut ischt Sonntag, und dr Doktor Maier hat frei!«
»Dann mueß er halt zum Doktor Pomere...« Rosa unterbrach sich erschrocken.
»So isch'es!« sagte Elsbeth, und ein gewisser Triumph in ihrer Stimme war nicht zu verkennen.
Eugen spuckte den Schnaps in die Spüle und sagte kläglich: »Bis morge werd i scho no aushalte.«
»Dr Doktor Maier ischt bis 17. März auf einem Fortbildungskurs«, belehrte ihn seine Frau.
»Stimmt ja«, wußte nun auch Rosa, »geschtern morge hat's mr sei Töchterle erzählt.«
»No fahr i halt nach Stuegert nonder«, sagte Eugen trotzig.
»Des kommt überhaupt net in Frage mit dene viele Schmerzmittel, die du g'nomme hascht«, verfügte seine Frau. »Und dann noch so viele Schnäps, damit's net so weh tuet!«
»Muescht halt en den saure Apfel beiße«, sagte Rosa »und zum Doktor Pomerenke gange!«

»Nimm gefälligscht des Wort ›beiße‹ net en's Mau... auuuuhhh... auuuuhaaa!!«

Pomerenke empfing Eugen sehr reserviert. Hatte der Wengerter schon auf dem Weg vor Angst geschwitzt, so geriet er nun, als er auf dem Zahnarztstuhl Platz genommen hatte, regelrecht ins Schlottern. Mühsam kämpfte er gegen die aufkeimende Panik an, als er sah, wie der Zahnarzt allerlei gefährlich aussehende Instrumente bereit legte. Umständlich legte Pomerenke Eugen das übliche Papierlätzchen um den Hals.
Eugen sagte mit unsicherer Stimme: »I glaub, die Schmerze lasset a bißle nach.«
Kühl antwortete Pomerenke: »Ein bekanntes Phänomen – kurzfristig werden die Schmerzen von der Angst überlagert. Aber die Angst ist ganz und gar unberechtigt – in den meisten Fällen wenigstens. Weit aufmachen, bitte!«
Eugen riß den Mund auf, soweit es ging. Pomerenke schüttelte bedenklich den Kopf. »Auweia... da hätt man aber schon längst... – wollen wir mal hoffen, daß Ihr Zahnarzt die Operation nicht nur auf dem Krankenschein ausgeführt hat.«
Eugen erschrak zutiefst. »Operation???«
»Naja, an den Burschen kommt man so mir nichts, dir nichts, nicht ran.« Doktor Pomerenke machte eine Spritze bereit. »Übrigens: Bei Ihnen werde ich mir ganz besondere Mühe geben!«
Angstschlotternd fragte Eugen: »Wie meinet Sie denn des?«
»Ja wissen Sie, bis vor ein paar Wochen hatte ich einfach zu wenige Patienten. Mein Vater hat mir schon alles mögliche angedroht, wenn sich der Erfolg nicht bald einstel-

len würde... Aber dann...« Pomerenke legte eine Kunstpause ein.
Eugen riß nun auch die Augen auf, so weit er konnte. »Ja?«
»Dann haben Sie damit angefangen, die Leute auf mich neugierig zu machen. Sie wissen ja, Herr Eisele, wir Ärzte dürfen nicht für uns werben! Und wenn dann ein anderer die Propagandatrommel rührt...!« Er hielt die Spritze senkrecht und sprühte einen kleinen Strahl in die Luft. Dann wandte er sich direkt Eugen zu. »Das macht jetzt einen kleinen Piekser.«
Eugen fuhr unvermittelt hoch. »Moment, ich weiß net, was Sie eigentlich moinet!«
Pomerenke richtete sich nochmal auf. »Naja, plötzlich hatte ich Zulauf, und da kamen sogar Leute, die gar nichts an ihren Zähnen hatten – alles Neugierige, vor allem Frauen natürlich. Sie haben mir mit all Ihren erfundenen Geschichten die Leute förmlich zugetrieben, Herr Eisele. Da soll ich Ihnen nicht dankbar sein? Zumal alle diese Geschichten nachweislich erfunden sind. – So, jetzt: Weit auf!!!«

Der stolze Spanier

In der Gaststube saß die Familie Eugen Eisele mit ihren Ablegern gemütlich am Familientisch. Mary, die zwei Tage vorher von ihrem Mallorca-Aufenthalt zurückgekommen war, fühlte sich unter den Eiseles schon wieder so zuhause, als ob sie gar nicht weggewesen wäre.
Das Mittagessen war vorbei, die Stimmung gut und die Mittagspause – streng genommen – längst überzogen. Im Hintergrund kassierte Evelyn die letzten versprengten Mittagsgäste ab.
Wie in alten Tagen schob Eugen seinen Teller von sich. Gekonnt verspielte er einen kleinen Rülpser, bevor er sagte, was zu sagen war: »Guet war's, reichlich ond weit über onsere Verhältnisse.«
»Des habet mr jetzt au scho lang nimmer g'hört.« Elsbeth war goldfroh, daß Eugens Welt endlich wieder in Ordnung war.
Hemmerle fuhr auf, als hätte ihn ein Blitz gestreift, ein Geistesblitz selbstverständlich.
»Herr Eisele, seiet Se so gut, saget Se's noch amal, vor allem den zweiten Teil!«
»Zwoimal predigt dr Pfarrer net.« Eugen sah zu Hemmerle hinüber. Aber der sah nicht so aus, als ob er ihn verscheißern wollte.
Tief versonnen wiederholte Hemmerle nun selbst: »Weit über unsere Verhältnisse ...« Nachdenklich wiegte er sein Haupt, dann ließ er plötzlich seine Augen blitzen und fragte keck in die Runde: »›Weit über unsere Ver-

hältnisse‹, wär des net a Titel für unser nächstes Theaterstück?«
»Verhältnisse«. Mary ließ das Wort auf der Zunge zergehen. »Da kann man sich bei euch ja verhältnismäßig viel vorstellen.«
Auch Sibylle konnte mit dem Titel nicht allzuviel anfangen. Aber sie blieb ganz ernsthaft. »Ja und? Was soll denn in so ama Stück vorkomme?«
»Sag ich doch! Sag ich doch!« Mary lachte wiehernd.
José, Evelyns Freund, betrat die Gaststube. Er blieb neben der Tür stehen, locker und selbstbewußt. Evelyn bemerkte ihn sofort. Sie machte ihm ein Zeichen, daß sie bald fertig sei, spitzte ihre Lippen und schickte ihm ein Küßchen zu.
Am Familientisch sah sich Hemmerle jetzt gefordert. »Ich könnt mir des scho äußerst reizvoll vorstellen, wenn man einmal aus wirklichen Begebenheiten ein Bühnenstück deschtilliert.«
»Wenn mr ebbes deschtilliert, wird's emmer ebbes Hochprozentiges.« Eugen wartete vergeblich auf eine beifällige Reaktion der Gemeinde. Die anderen Herrschaften am Tisch waren durch den Auftritt Josés abgelenkt. Der stand immer noch locker und unverkrampft neben der Tür und schaute unverbindlich in die Ferne.
Rosa stellte schließlich die entscheidende Frage: »Was ischt jetzt au des für oiner?«
Karle wußte natürlich genau Bescheid. »Ha, des isch dr Don José, dr Evelyn ihr stolzer Spanier.«
Rosa war sehr beeindruckt. »Jetzt guck amal da na. Der sieht aber amal guet aus.«
»Des kann mr sage. Des Mädle hat G'schmack.« Elsbeth schaute zu Evelyn hinüber, als hätte sie der einen solchen Freund im Leben nicht zugetraut.

»Also, jetzt guck die Weiber a. Ihr müßtet ja wirklich net en d' Ferne schweife.« Eugen warf sich in die Brust und posierte wie ein Gockel.
Karle schaute Sibylle an: »Oder?«
Sibylle hob nur fragend die Schultern.
Hemmerle sah das Problem gleich wieder in einem größeren Zusammenhang und erhob den Zeigefinger. »Offensichtlich ischt es leider nicht nur der Prophet, der nichts in seinem Vaterlande gilt.«
Elsbeth schaute sich jetzt die Herren ihre Tafelrunde an, einen nach dem andern, ganz sorgfältig. Wie leicht man doch diese Kerle verunsichern konnte, dachte sie bei sich und sagte dann: »Ihr habt's grad nötig. Grad ihr müßt euch beklage.«

Hemmerle arbeitete jetzt tagtäglich in jeder freien Minute an seinem neuen Stück. Sein Schreibtisch war mit beschriebenen Zetteln übersät. Aus dem Hauptbuch und anderen Kladden hatte er auf der einen Hälfte der Schreibtischplatte ein Bühnenmodell aufgebaut. Als Dramatis Personae benutzte er Stempel, die er zwischen der aus Locher, Klebestift, Stempelkissen und Stiftebecher bestehenden Dekoration hin und her schob. Während er schob, murmelte er Unverständliches, bis er plötzlich fündig wurde. Dann machte er eine hochdramatische Armbewegung und schrieb wildentschlossen einen weiteren Zettel von oben bis unten voll. Seine Haare hingen und standen ihm zerrauft um den Kopf. Als Andeutung eines Dichterlooks, quasi, trug er eine Hausjacke aus tiefrotem Samt. Auf den traditionellen Gänsekiel als Attribut des klassischen Dichters hatte er allerdings aus rationellen Gründen verzichtet. Er schrieb mit einem Füllfederhalter, der auf einem berühmten Berg in den Sa-

voyer Alpen erfunden worden war und eine wunderbar glänzende goldene Feder hatte.
Leise öffnete sich hinter Hemmerle die Tür. Auf Zehenspitzen kam Rosa herein. Sie balancierte ein Tablett mit Teegeschirr.
Vorsichtig schob sie einige Zettel auf dem Schreibtisch beiseite und stellte das Tablett ab.
Geheimnisvoll flüsterte sie: »Ich hab dir a Rosmarieteele g'macht. Des soll ganz arg anregend sei.« Sie schaute sich das Schlachtfeld an und fuhr dann ganz prosaisch fort: »Du kommscht scho weiter, Gottfried!? Lauft's?«
Hemmerle blickte zu ihr auf. Sein Blick kam von weit her. »Ich hab ganz das Gefühl, ich steh kurz vor dem Durchbruch.«
Rosa wurde schelmisch. »Paß auf! Wenn dich jetzt noch die Muse küßt...« Sie spitzte die Lippen, beugte sich vor, Hemmerle neigte ihr seine Wange entgegen. Da ging die Tür auf, und Mary kam herein. Die beiden fuhren auseinander, ertappt wie Konfirmanden.
Mary hatte eine Flasche Sekt und zwei Gläser in der Hand. Sie überspielte die ungewollt peinliche Situation keck. »Für den Dichter ein Gläschen Sekt?! Das soll den Geist beflügeln!«
»Oder benebeln!« Rosa hätte am liebsten Gift und Galle gespuckt.
Mary benahm sich, als wäre sie von Rosa und Hemmerle herzlich willkommen geheißen worden. Sie stellte die beiden Gläser auf den Schreibtisch. Dann ließ sie den Korken knallen und schenkte ein.
»Auch Gerhart Hauptmann hat sich durch Champagner inspirieren lassen.« Hemmerle versuchte Rosa durch diesen Verweis auf die Arbeitsweise des berühmten Kollegen etwas zu besänftigen.

Doch Rosa blieb giftig. »Deshalb isch sicher au so viel so unverständlich, weil die Dichter emmer zu viel Alkohol dronke hent.« Demonstrativ goß sie eine Tasse Tee ein. »A Tee ischt halt was Reells!«
So behutsam, wie sie es in ihrem Ärger vermochte, schob sie Hemmerle die volle Tasse hin.
Ihre Hand zitterte. »Da, laß ihn net kalt werde.«
Hemmerle war die Situation überhaupt nicht unangenehm. Im Gegenteil. Er genoß sie richtig. Er nahm das Sektglas in die eine und die volle Teetasse in die andere. Er wog beide Gefäße gegeneinander ab. Dann schaute er abwechselnd die beiden Frauen an. Seine Augen leuchteten auf. »Jetzt hab ich's. *Ein* Mann zwischen *zwei* Frauen! Ja!... Ja!... Ja...!«
Er schaute den Tee an und dann auf Rosa.
»Die reine unverdorbene Natur.«
Das gefiel Rosa sehr.
Hemmerle hob das Sektglas.
»Und hier die sündige Verlockung!«
Das gefiel Rosa jetzt wieder überhaupt nicht. »Hano! Hano, also Gottfried...!«
Hemmerle war von dem Gedanken begeistert: »Reine Unschuld und zügellose Leidenschaft!«
Rosa wurde plötzlich ganz kiebig. »Wer soll denn so ebbes bei ons überhaupt spiele?«
Mary reichte Rosa das zweite Sektglas. »Unschuld und Leidenschaft, des steckt ja wohl in jeder von uns Frauen. Oder?«
Rosa nahm ganz verdattert das Glas. Sie schaute ihren Gottfried, Mary, das Glas und dann wieder Hemmerle an: Eigentlich war das doch vielleicht gar nicht so uneben, was Mary gesagt hatte.
Hemmerle hatte jetzt ein stilles, gefaßtes Leuchten auf

dem Gesicht. Es dichtete unheimlich in ihm. Mary nickte Rosa zu und ging. Sie zog die Tür sachte hinter sich ins Schloß.
Endlich allein!
Kokett prostete Rosa ihrem Dichter zu und versenkte ihren Blick tief in den seinen.

Die Schlacht war wieder einmal geschlagen. Fast. Auf allen Tischen stand abgegessenes Geschirr. Eine Omnibusgesellschaft war dagewesen. Beim Abräumen halfen jetzt alle zusammen. Fast alle. Elsbeth, Mary, Evelyn, Sibylle, Hemmerle und Karle schufteten. Rosa und Eugen saßen am Familientisch und behielten den Überblick.
Rosa nickte und seufzte schwer. »'S ischt scho viel G'schäft, gell. Jetzt emmer mit dene Omnibusgesellschafte!«
Eugen nickte. »Ja, scho. Aber 's brengt halt au Omsatz, net wahr.«
Elsbeth hastete vorbei. Sie trug einen hohen Stapel Teller. Fast wäre sie gestolpert.
»Hoppla«, sagte Eugen, »no langsam mit de jonge Gäul.«
Elsbeth schoß einen bösen Blick zum Tisch herüber. Rosa merkte sehr genau, daß dieser Blick eigentlich ihr gegolten hatte.
»Wenn ihr's fei net schaffet, helf i gern a bißle«, rief sie so laut, daß alle sie verstehen konnten. Rosa tat so, als würde ihr das Aufstehen nicht allzu schwer fallen.
Elsbeth hätte ihr am liebsten den ganzen Tellerstapel zugeworfen und »Fang« gerufen. Warum duet mr eigentlich so ebbes emmer net?, fragte sie sich, während sie weiterhastete.
Mary kam nun ebenfalls hochbeladen vorbei. »Bleib du

nur sitzen, Rosa! Bei soviel Geschäft muß doch wenigstens einer den Durchblick haben.«

Hemmerle kam dieser Großeinsatz selbstverständlich völlig ungelegen: »Das Geschäft blüht, aber die Kunst leidet darunter.«
Evelyn brachte es auf den Punkt: »Mir brauchet koi Konscht. Mir brauchet Grombiere.« Damit wollte sie ihn aufheitern, aber Hemmerle verstand in diesem Punkt zur Zeit keinen Spaß. »Der Spruch stammt aus der Zeit der großen Hungersnot, und die herrscht ja jetzt net grad, net wahr!?« Hemmerle sagte das so, daß ihn auch Rosa und Eugen gut verstehen konnten.
Eugen verstand ja sowieso immer alles, aber eben immer nur so, wie es ihm gerade in den Kram paßte. »Wenn Sie endlich amal fertig wäret mit dem Stück, dätet mir ja au afange mit dem Probe. Also, an ons soll's net liege.«
Hemmerle blieb vor dem Familientisch stehen. »An mir noch weniger. Wenn man einmal den Stoff hat, dann ist es nur noch ...«
Eugen ließ ihn gar nicht ausreden. »Ein Mann ond zwei Fraue, ond was passiert na?« Hemmerle stellte sein Geschirr ab und setzte sich.
»Ein Mann *zwischen* zwei Frauen. Das kann mr natürlich zunächscht nur als leitmotivische Perschpektive betrachte.«
Eugen nickte. Einmal. Zweimal. Dreimal. Er verstand kein Wort. »Des han i mir halber denkt.« Er nickte noch einmal.
Auch Rosa hatte nicht begriffen, was der Dichter Hemmerle sagen wollte. Aber sie war davon hingerissen, wie er es gesagt hatte. »Du kannscht Sache sage, Gottfried!«
Mary hatte aus einigen Wortfetzen mitbekommen, daß

man wieder beim augenblicklichen Lieblingsthema gelandet war. Zu diesem ganzen Themenkreis hatte sie ja, sozusagen von Hause aus, von allen Anwesenden die pragmatischste Einstellung. »Also Herr Hemmerle, jetzt lassen Sie doch endlich einmal die Katze aus dem Sack. Wer hat's denn jetzt wann und wie mit wem? Das interessiert einen doch!«
So unter Druck gesetzt, blieb Hemmerle gar nichts anderes übrig, als sein Füllhorn aufzuschrauben und den Inhalt auf den Tisch zu leeren: »Ich denk mir des so: Die Hauptfigur ischt ein Soldat oder ein Polizischt oder so. Ein treuer Diener seines Staates. Der hat eine Geliebte.« Hemmerle warf einen verständnisheischenden Blick zu Rosa. »Eine treue Geliebte, wohlverstanden. Ond dann ischt da noch so a richtig's Lompadier, a äußerscht reizvoll's natürlich mit viel Sex Appeal. So a Zigeunerin mit schwarze Locke, Dekolleté ond ganz feurige Auge ond...«
Er deutete die Formen mit den Händen an und wußte nicht genau, wie er sie beschreiben sollte.
Karle half ihm aus der Verlegenheit: »A supergestylte Karosserie ebe. Ganz einwandfrei.«
Hemmerle nickte zustimmend. »...ond so halt. Und dieses Lompadier kriegt den Hauptmann rom. Der wird ihr richtig hörig mit Haut und Haaren.«
»Noi«, schrie Rosa.
Und Karle spielte den Dorftrottel: »Was wird der? Hörig? Was ischt jetzt au des?«
»Wenn ein Mann einer Frau auf's Wort gehorcht, das die gar nicht gesagt hat.« Marys Antwort kam wie aus der Pistole geschossen.
Doch bevor das Thema weiter vertieft werden konnte, riß Hemmerle das Wort wieder an sich. »Aber damit

noch nicht genug. Nachts macht das Flittchen au no mit den Rauschgiftschmugglern gemeinsame Sache, und da zieht es unseren Helden mit rein.«

Karle fand das beachtlich. »Hemmerle, des ischt ja sauspannend.«

»Da mueß mr erscht amal druff komme.« Auch Eugen war beeindruckt.

Hemmerle kam immer besser in Fahrt. »Ond dann ischt es eines Tages soweit. Da ischt er ihr so obache hörig, daß er sich so arg vergißt, daß er alles für des Saumensch duet. On da verliebt sich des Lompadier Hals über Kopf en so a Art Rambo. Sie läßt den Hauptmann falle wie a heiße Kartoffel. Schließlich versticht se der in einer heißen Eifersuchtsszene.«

Wenn das nichts war! Die meisten nickten beeindruckt. Doch Sibylles Begeisterung hielt sich in Grenzen: »Ha, Ha! Wie im richtige Lebe.«

»A wa, wie en dr Bildzeitung!« Karle lachte laut. Ihm gefiel der Schmarren.

Eugen fürchtete auf einmal um seinen guten Namen. »Also, i woiß net. So ebbes gibt's doch gar net. Des glaubt ons koi Sau.«

Elsbeth war sich da gar nicht so sicher. »Also, i woiß net. Wenn mi net alles däuscht... irgendwie kommt mir des bekannt vor!«

Sibylle konnte sich von allen am wenigsten für die Geschichte begeistern: »Also mir kommt die G'schicht scho a bißle arg spanisch vor.«

Das war das Stichwort. Elsbeth kam plötzlich die Erleuchtung. »Ja klar, Sibylle, spanisch, des isch'es ja auch!« Sie sang:

»Auf in den Kampf Toreheretero.
Stolz in der Brust, siegesbewußt...«

Hemmerle schaute Elsbeth überrascht an. »Seltsam... was Sie da saget, Frau Eisele.«
Elsbeth war sich ihrer Sache sicher.
»Ihr Rambo isch dr Escamillo.«
Auch Rosa hatte in Carmen eine Lieblingsmelodie.
Sie sang jetzt: »Ich seh die Mutter dort, sie ruft zurück im Bilde. Das stille Tal und das Haus, wo meine Wiege einst stand...«
Alle klatschten.
Elsbeth klärte weiter auf: »Ond der, wo des sengt, was du grad g'songe hascht, heißt Don José. Des wär dann dr Polizischt...«
Jetzt spitzte auch Evelyn ihre Ohren. Sie unterbrach ihre Arbeit und kam heran. »Was ischt mit'm José?«
Karle grinste ihr hämisch entgegen. »Gell, da glotzscht, daß's über den scho a Stück gibt!«
Eugen fand es nicht gut, wenn er mittendrin saß und nicht verstand, worum es um ihn herum ging. »Könnt i au amal erfahre, von was ihr eigentlich die ganze Zeit schwätzet?«
Das war nun ganz und gar Elsbeths Stunde. »Ischt doch klar. Onser Dichter Gottfried Hemmerle hat grad die ›Carmen‹ neu erfunde.«
Hemmerle war sich noch nicht ganz klar darüber, wie er das finden sollte. Das sah ja fast so aus, als hätte er geklaut, sich mit fremden Federn geschmückt. Gottfried Hemmerle ein Plagiator! Er wirkte ziemlich angeschlagen.
Zum Glück fand Rosa alles ganz toll. Sie schaute ihren Gottfried bewundernd an, verdrehte kokett die Augen und sang:

»Die Liebe von Zigeunern stammet,
Fragt nach Rechten nicht, Gesetz und Macht...«

Es war Abend.
Ein Ruhetag.
In der Gaststube herrschte hektischer Betrieb, Geschrei, Gekicher, Musik. Der Raum war völlig verändert. Die Tische waren beiseite geschoben, ein Teil des Raumes als Probenbühne markiert. Das »Volkstheater Eisele« war mitten in den Proben zu dem neuen Stück von Gottfried Hemmerle.
Ein Teil der Mitspieler steckte schon in prächtigen spanischen Kleidern. Mary verwaltete einen riesigen Koffer mit Kostümen, die sie vom Theater besorgt hatte.
Plötzlich stand Eugen in der Tür zum Nebenzimmer und schmetterte die Arie des Escamillo: »Stolz in der Brust, siegesbewußt...« Eugen war Weltklasse; seine Stimme erinnerte verdächtig an Placido Domingo. Karle bediente das Playback.
Hemmerle gab ihm herrisch ein Zeichen die Musik abzustellen. Die Musik brach abrupt ab. Eugen stand da und bewegte die Lippen stumm weiter. Ohne Ton sah er aus wie ein Karpfen, der nach Luft schnappt.
Rosa und Elsbeth waren als prächtige spanische Damen herausgeputzt.
Evelyn hatte das Carmenkostüm übergezogen. Sie brauchte, so dürr, wie sie nun einmal war, dringend noch einige Abnäher.
Mary gab offensichtlich eine Flamencotänzerin. Sie kramte hektisch in ihrem Koffer und drehte das unterste zuoberst. »Was ich auf die einreden mußte, damit die mir das alles ausgeliehen haben. Dabei haben die die ›Carmen‹ im Staatstheater zur Zeit überhaupt nicht im Spielplan. Ah, da sind sie ja endlich!« Mary hatte ein paar Castagnetten gefunden. Sofort begann sie zu klappern und dazu Flamenco-Schritte zu machen.

Hemmerle durchschritt das Tohuwabohu wieder und wieder in allen Richtungen, gab hier einen Rat, äußerte dort eine Bitte und sagte zwischendurch immer wieder zu sich selbst: »... wenn aus den Worten Werke werden, spürt man die tiefe Schaffenskraft!« Er war völlig euphorisch.
Gottfried Hemmerle fühlte sich hier als der eigentliche Matador.
Dann war der Augenblick gekommen. Der Ernst des heiteren Spiels konnte beginnen.
Hemmerle klatschte ungeduldig in die Hände. Wie immer, wenn er Regie führte, wurde er dabei zum unerbittlichen Boss. Na ja. Fast unerbittlich. »So, meine Herrschaften ...«
Die Herrschaften versammelten sich und verstummten.
Mit großer Geste bestimmte er: »Das Volk von Sevilla dort hinüber ...!«
Elsbeth, Rosa und Mary gingen drei Meter nach links hinten. Hemmerle modifizierte seine Anweisung etwas: »Das Volk sind natürlich in unserem Fall lauter Gattinnen von spanischen Granden!«
Die Damen nahmen es erfreut zur Kenntnis, daß sie kein gewöhnliches Volk waren.
»Lauter Grandes Dames«, sagte Karle. Sein Witzchen interessierte jetzt niemand.
Eugen, im Kostüm des Escamillo eine beachtliche Erscheinung, war noch einmal zum Tisch gegangen und nahm einen tiefen Schluck aus seinem Viertelesglas. Von hinten fragte er: »Ond i? Was mach jetzt i?«
»Sie bereitet sich seelisch auf Ihren Stierkampf vor.«
Eugen trank noch einen Schluck.
Als Hemmerle das sah, ging er zu ihm hin und nahm ihm resolut das Glas aus der Hand. Das Glas war jetzt sowie-

so leer. »Seelisch hab i g'sagt, net geistig!« Hemmerle drückte Eugen eine Mantilla in die Hand.
Eugen fing sofort an, damit zu üben. Er bewegte das rote Tuch wie ein Straßenarbeiter, der an einer Baustelle den Verkehr vorbeiwinkt.
Inzwischen war Hemmerle bei Evelyn und wies sie in die Rolle des Lompadiers Carmen ein. »Also, die Michaela ischt jetzt noch beim José seiner Mutter. Du hascht jetzt freie Bahn und muscht praktisch alles gebe... die Carmen... einfach verführerisch, net wahr...«
Evelyn nahm die Pose ein, die sie für verführerisch hielt. Das Kleid war für sie wirklich nicht nur an einer Stelle zu reichlich. Kein Wunder, daß sie sich nicht übermäßig wohlfühlte.
Hemmerle tröstete sie: »Du wirscht scho sehe, wie man auch in eine solche Rolle im Lauf intensiver Probenarbeit hineinwächst. Au so a Lompadierle fällt oim net en da Schoß.«
Evelyn übte.
Hemmerle winkte Karle heran.
»Ond gell, Karle, denk bitte emmer bloß an ois. Du bischt ihr absolut hörig, net wahr!«
»Klar. I merk mr des, und du zoigsch mr, wie mr's macht.«
Karle schnitt Evelyn ein unheimlich höriges Gesicht, dann fiel er vor ihr auf die Knie und mit dem nächsten Satz auch gleich wieder aus der Rolle.
»Gell, so hättescht's bei deim Spanier au gern!«
»Des braucht's net, der frißt mr sowieso aus dr Hand ond horcht uff's Wort!«
Hemmerle klaschte in die Hände.
»So, aber jetzt bitte von vorne. Eins, zwei, drei... und *Leidenschaft*, ja? Ja!«

Karle tappte auf Evelyn zu.
Evelyn verstärkte ihre verführerische Pose und wirkte dabei plötzlich wirklich erotisch. Karle umarmte sie und rutschte dann an ihr hinunter. Plötzlich war er hochdramatisch, sozusagen opernmäßig saugut.

»All mein Hoffen, all mein Lieben
ist immer treu nur dir geblieben ...«

Hemmerle rieb sich zufrieden die Hände.
»Ja, wunderbar – i glaub, das ischt genau der richtige Impetus ... so ... ja, dann probieret mir jetzt amal die Schmugglerszene.«
Karle und Evelyn verließen die Bühne.
Von den anderen unbemerkt, betrat José, Evelyns Freund, die Gaststube.
Karle wollte seine Rolle hinter der Bühne noch ein bißchen weiterspielen, etwas vertiefen sozusagen. Er grapschte nach Evelyn und versuchte, sie völlig übertrieben an sich zu reißen. »In Leidenschaft ben i fei guet, gell ...«
»Gege en echte Spanier isch des gar nix ...«
José hörte das, ohne genau zu verstehen.
Evelyn versuchte Karle noch ein bißchen zu reizen. »Bei dir isch's doch immer allerhöchschtens Liebe auf schwäbisch.«
Karle faßte sie um die Hüfte, rollte wild mit den Augen wie Othello und beugte sich über sie. »Wenn i dir oi oiziges mal zeigt han, was tatsächlich in mir schlummert ... wirsch du glatt süchtig.« Dabei drückte er Evelyn in wild auflodernder Leidenschaftspose auf eine Bank. Evelyn spielte auch halb und halb mit. Karle wollte sie gerade küssen, da fuhr José dazwischen wie das heilige Donnerwetter. Mit der einen Hand schleuderte er Karle zur Seite. In der andern hielt er plötzlich ein Spring-

messer, dessen Klinge blitzend herausfuhr. José blickte wie eine Furie um sich, und das war nicht gespielt.
Er schrie: »Ya te lo diré! Eso no puedes hacer con migo! (Dir zeig ichs, das kannst du mit mir nicht machen)«, und fuhr dann auf Schwäbisch fort: »Du Lompadier, du Lompadier!« José ging mit gezücktem Messer auf Evelyn zu.
Eugen sprang auf. Plötzlich hielt er die Mantilla wie ein richtiger Stierkämpfer zur Abwehr vor sich.
Aber Eugen mußte nicht eingreifen. Hemmerle kam ihm zuvor. Schließlich war er hier der Chef im Ring. »Die Szene mit dem Messer habet mir gestriche, Herr José. Bei uns gibt's a Happy-End!«
José war zwar durch Hemmerles Auftritt etwas irritiert, aber noch keineswegs beruhigt.
Mary wiederholte das, was Hemmerle gesagt hatte, noch einmal ruhig und sachlich in verständlichem Spanisch. »La obra dramàtica tiene un final bueno. José no va a picar. (Das Stück endet gut. José sticht nicht zu.)«
Inzwischen hatte Eugen ein Viertele Trollinger eingeschenkt. Er reichte es José wie eine Kostbarkeit: »Da ka mr nix mache. Bei dera G'schicht hat der Dichter 's letschte Wort. Komm, sitz her ond drenk en Schluck!«
José traute dem Frieden immer noch nicht: »Theater. Alles nur Theater?«
Evelyn schmiegte sich an ihn. »Jetzt komm, Schätzle...«
»Jetzt bin wieder ich Schätzle?«
Evelyn umarmte ihn fester. »Des bischt doch emmer du, emmer bloß du, José!«
José versuchte trotz der starken Behinderung, das Messer wieder zusammenzuklappen und in seiner Hosentasche verschwinden zu lassen. Dann sagte er zärtlich: »Mein Lompadierle, olé!«

Die Brüderschaft

»So«, sagte Eugen. Er öffnete die Tür zur Gaststube und ließ seinen beiden Begleitern den Vortritt.
Er hatte es wieder einmal arg wichtig. Seine Begleiter waren Erwin Auberle, der Architekt, und der Bauunternehmer Bruno Schmalz.
Es war so zwischen Dämmerschoppen und Abendgeschäft. Freie Plätze gab es noch reichlich. Eugen entschied sich für den einzigen Tisch, auf dem ein Tischaufsteller »Reserviert« stand.
»Nemme mr den da hinte. Da isch mr a bißle für sich.«
Auberle sah den Aufsteller: »Sieht aber aus, als ob er reserviert wär.«
»Aber net, wenn mir nasitze wellet.« Eugen steuerte schnurstracks auf den Tisch zu.
»Mir soll's recht sei«, sagte Schmalz. »Sie send hier dr Chef em Ring.«
Eugen nickte und stellte den Aufsteller auf den Nebentisch. »Bloß hend des no net alle begriffe.«
Die Herren setzten sich. Die Eckbank knarrte.
Evelyn stand hinter dem Tresen und zapfte ein Pils. Sie seufzte: »Des hat mr jetzt grad no g'fehlt.«
Immer mußte sich Eugen Eisele eine Extrawurst braten. Es war ihr wie Spitzgras, als sie zu den drei honorigen Herren an den Tisch ging, um zu meckern.
Mit ausgesuchter Freundlichkeit sagte sie: »Au, Herr Eisele, so leid mir's duet, der Tisch isch leider reserviert.«
Eugen strahlte Evelyn an: »Ja, für ons.«

Evelyn machte noch einen Versuch: »Send Sie dr Vorstand vom Tennisclub?«
»Mir send mir«, sagte Eugen, »des langt, oder?« Eugen schaute seine beiden Begleiter herausfordernd an. Erwin Auberle konnte solche Szenen ums Verrecken nicht ausstehen. Bruno Schmalz war in solchen Dingen völlig unempfindlich.
»Sie send hier dr Chef em Ring, Herr Eisele. Sie müsset's wisse.«
Evelyn bekam einen leicht roten Kopf. Sie wollte noch etwas sagen, schluckte es aber dann lieber hinunter.
Eugen schaute ihr dabei zu. Als er sah, daß sie klein beigab, bestellte er befriedigt: »Breng ons a Fläschle Trollinger, Mädle, von meim eigene, gell?«
Dann wandte er sich seinen Begleitern zu. »Sie isch sonscht scho recht. Mr muaß halt emmer a bißle obacht gebe, damit se oim net uff'm Kopf romtanzet.«
Evelyn ging hinter den Tresen, bückte sich, öffnete die Tür an der ein Schild mit der Aufschrift *Eugen Privat* klebte, und nahm eine Flasche von Eugens zum persönlichen Gebrauch bestimmten Weinvorrat. Sie wischte die Flasche sorgfältig ab, entkorkte sie, stellte sie auf ein Tablett, drei Gläser dazu und brachte alles zu Eugen an den Tisch. »Bitteschön. Eischenke den Se am beschte selber.«

In der Küche war alles ganz friedlich.
Herd und Anrichte strahlten blankgeputzt. Töpfe, Pfannen und Kasserolen hingen sauber an ihren Haken. Das Hilfspersonal hatte schon Feierabend gemacht. Mary bereitete einige Vesperteller vor. Elsbeth legte einen Sauerbraten ein. »I find des ja a prima Lösung, daß du d'Woch uber abends bloß no a Veschper gibsch.«

Mary schnitt ein saures Gürkchen zu einem Fächer auf. »Das langt doch auch. Die Stammgäste akzeptieren es. Man ißt jetzt abends nicht mehr so viel. Fit sein ist alles. Der Vorstand vom Tennisclub will jetzt immer ein Tartar. Die kommen ja heute. Mach du nur jetzt Feierabend. Das richt ich dann schon.«

Die Tür, die von der Gaststube in die Küche führte, wurde mit voller Wucht aufgestoßen. Evelyn kam herein.

Mary und Elsbeth schauten beide zu ihr hin. Evelyn war richtig schön im Brast.

»Jetzt was isch, Mädle?« fragte Elsbeth.

»Also ich kann mich gege den Herr Eisele oifach net durchsetze!« Zitternd vor Wut schaute sie abwechselnd Mary und Elsbeth an.

Elsbeth seufzte und sagte mehr zu sich selber: »Wer kann des scho!«

Mary war die ewigen Reibereien und Machtspielchen allmählich leid. Ungehaltener, als sie eigentlich wollte, sagte sie: »Warum? Was ist denn jetzt schon wieder?«

Evelyn machte eine Geste der Hilflosigkeit: »Guck halt selber.«

Mary ging zur Durchreiche, schob das Fenster hoch und blickte hinaus. »Hast du denn nicht gesagt, daß der reserviert ist?«

»Freile han'es g'sagt. Aber da könnt mr genau so guet an a Wand naschwätze. Des Schildle hat er oifach uff da andere Tisch nomg'schtellt.«

Elsbeth war nun neben Mary getreten und spickelte ebenfalls in die Gaststube. »Da hockt'r krotebroit, der siedig Tropf.« Elsbeth sagte das mit einer Stimme, als würde sie ein unabänderliches Naturereignis beschreiben.

In der Gaststube erreichte die Stimmung einen ersten Höhepunkt. Der Vorstand des Tennisclubs war eingetroffen: Der Herr Landgraf von der Sparkasse mit seiner Frau, Eduard Molitor mit seiner Lebensgefährtin, der geschiedenen Frau Metzger, einer geborenen Mayer. Die Elfriede vom Kupfermayer. Das war damals eine Sache gewesen, als die mit dem Thilo Metzger durchbrannte. Da hieß es in der ganzen Gegend, daß die zwei gar nicht genug voneinander kriegen könnten. Von echter Leidenschaft war die Rede. Dann aber waren die beiden endlich volljährig, haben geheiratet, und plötzlich wars aus.

Jetzt war die Elfriede Mayer wie gesagt schon einige Jahre mit dem Eduard Molitor zusammen, und das schien gut zu gehen. Warum sie nicht heirateten, wußte man nicht. Aber der Volksmund sagt ja, ein gebranntes Kind scheut das Feuer.

Auf jeden Fall und wie auch immer, im Augenblick hatte Elfriede Metzger fast genau so einen roten Kopf wie der Herr Landgraf. Braungebrannt und sehr gesund sah der fünfte im Bunde der Tenniscracks aus. Es war Petar Petrovic, der jugoslawische Trainer.

Herr Landgraf maulte laut. Wer hätte das an seiner Stelle nicht getan?

»Es ischt ja au a Sauerei, wenn mr jede Woch em ›Adler‹ da gleiche Tisch b'schtellt, und na isch der oifach besetzt, wenn mr kommt. Kenne Sie mir sage, warom mr na überhaupt no reserviert?«

Den Bauunternehmer Schmalz interessierte diese Frage nicht. Die ganze Angelegenheit war nicht seine Sache, und damit basta. Außerdem hatten alle, wie sie da standen, ihre Häuser schon gebaut.

Eugen saß da und machte einen dicken Buckel. Die konnten reden, so viel sie wollten.

Für den Architekten Auberle war die ganze Sache unangenehm und außerdem so unnötig wie ein Kropf. Er lenkte ein: »Des ischt doch koi Problem, Herr Landgraf. Wenn mr sich so guet kennt. Wenn des euer Stammplatz isch, no ziehet mir halt en Gottesname om. Da kenne mir nix.« Auberle lachte versöhnlich, griff nach seinem Glas und wollte aufstehen. Eugen faßte ihn am Arm und drückte ihn auf seinen Platz zurück: »Des kommt ja gar net en Frag. Da sitzet mr, ond da bleibet mr! Wer z'erscht kommt, mahlt au z'erscht!«

Evelyn hatte gerade noch rechtzeitig Mary geholt.
Mary vermied es generell, sich auf irgendwelche fruchtlosen Diskussionen einzulassen. »Eugen, der Tisch war für die Herrschaften reserviert.«
»Des han i doch net wisse könne, daß *so* wichtige Gäscht kommet. 'S nächschte Mal sagscht mr des rechtzeitig.« Damit wandte sich Eugen wieder demonstrativ den Herren Schmalz und Auberle zu: »So. Wo send mr stehe bliebe. Entschuldiget Se no. Wenn mr au dauernd unterbroche wird. 'S wird jetzt halt Zeit, daß mr wieder sei eiges Dach überm Kopf hat!«
Mary machte eine bittende Geste, und Frau Landgraf gab ihrem Gatten einen Schubs, damit er endlich einlenkte. Herr Landgraf schluckte kurz und deutete auf den Familientisch. »Kommet, dr Klügere gibt nach. Sitzet mr halt dort nüber.«
Eugen schaute kurz auf und bäffte hinter den Herrschaften her: »Des wär aber no allerdings dr Familientisch!«
Mary schaute Eugen ganz kurz und fest an. Dann sagte sie mit einer gefährlichen samtigen Stimme: »Nachdem die Verwandtschaft schon die reservierten Tische besetzt, dürfte das ja wohl kein Problem sein.«

Mary geleitete ihre Gäste an den Familientisch, aber Eugen ritt der Teufel. Er mußte wieder einmal unbedingt das letzte Wort haben. »Schenksch dene Herrschafte halt was Ordentliches ei, Mary. Na verschmerzet se's leichter!«
Eugen lachte selbstgefällig. Dann griff er nach seiner Trollingerflasche und goß sich und seinen beiden Gästen nach. Das brachte Mary auf eine Idee. Ihr Ärger verflog im Nu. Sie strahlte richtig. Sie rief Evelyn zu sich heran und sagte ihr etwas ins Ohr. Da begann auch Evelyns Gesicht zu strahlen.
Sie ging hinter den Tresen, holte eine Weinflasche aus Eugens Privatschrank, öffnete sie, zählte die Gäste am Familientisch, stellte für jeden ein Glas aufs Tablett, goß ein und servierte.
An Eugens Tisch war man jetzt wieder voll und ganz mit dem Wiederauf- und Ausbau des Weingutes Eisele beschäftigt.
Weder der Architekt Auberle noch der Bauunternehmer Schmalz sahen einen Grund, dem Bauherrn Eugen Eisele zu widersprechen. Der Kunde ist eben König, und der Bauherr hat immer recht!
»Also des mit dem Anbau ischt grundsätzlich koi Problem. Mache kann mr älles, des wisset Se ja.« Schmalz nahm einen langen Schluck Trollinger und schloß das Thema ab: »Sie saget, was Se wellet, Herr Eisele, ond mir machet's.«

». . . und sinkt die Sonne dann hinab, weiß ich, was dieser Tag mir gab!«
Hemmerle klappte sanft den Leitzordner zu, in dem er neuerdings seine Gedichte sammelte.
Rosa war völlig hin- und hergerissen.

»So schön hasch des wieder dichtet, Gottfried!«
Auch Hemmerle war von seinem Schaffen stark angerührt. »Ja«, sagte er und schaute seiner Rosa tief in die Augen. »In letzter Zeit fließen mir die Reime nur so aus der Feder.«
Hemmerle stand auf, machte das große Licht an und stellte den Ordner ins Regal.
Er schaute auf die Uhr.
»Sag amal, müßtest du net scho längscht bei der Besprechung sein?«
Rosa stand ebenfalls auf, blies die Kerze aus und stellte den Kerzenständer neben den Ordner. Sie war die Ruhe selbst. »Die könnet doch ohne mich sowieso nichts entscheide, Gottfried!«

Inzwischen war unten in der Gaststube, vor allem am Familientisch, die Stimmung fortgeschritten, wie man immer so gern sagt, wenn schon wieder ein Stündchen vorbei ist und ein paar Flaschen Wein mehr geleert sind.
Die Herrschaften vom Tennisclub hatten ihr Tartar gegessen, waren allerbester Laune und fanden jedesmal, wenn ihnen eine neue Flasche auf den Tisch gestellt wurde, neue Lobesworte für diesen vorzüglichen Trollinger.
»Koi Wunder«, sagte Herr Landgraf, »koi Wunder, daß der net uff dr Kart steht. So a Tröpfle kannscht suche!«

An Eugens Tisch ging es bedeutend nüchterner zu. Die Flasche, die auf dem Tisch stand, war zwar auch leer, aber es war noch die erste.
Auf dem Tisch lag ein Grundriß des abgebrannten Weinguts, und Auberle hatte präzise Vorschläge für den Wiederaufbau ausgearbeitet.
Schmalz versuchte gleich Nägel mit Köpfen zu machen:

»Den Schuppe könnt mr abreiße. Wenn Se koin andere hent, dät i Ihne da Klenk dafür vorschlage. Da schafft dr Chef no selber mit.«
Das gefiel Eugen. »So isch recht. Alles andere hat ja au koin Wert!«
Rosa erschien. Sie ging durch die Gaststube und grüßte nach allen Seiten, als wäre sie die Wirtin. Offensichtlich kam sie genausowenig wie Eugen damit zurecht, daß sie hier nur ein ganz normaler Gast wie alle anderen auch war.
Rosa blieb vor dem Tisch, an dem Eugen und die Herren vom Bau saßen, stehen und wartete darauf, daß Eugen sie vorstellte. Doch der spielte den Beschäftigten: »Mr müßt halt so baue, daß mr a Rampe kriegt, an die mr problemlos nafahre kann.«
»Wie g'sagt, mache kann mr alles.« Auberle nahm Rosa zur Kenntnis. »Grüß Gott, Fräulein Eisele, des isch dr Herr Schmalz, ond ihren Brueder kennet Se ja.«
»'S duet mr leid, ich hab mich a bißle verspätet.«
Eugen mußte, ob er wollte oder nicht, aufstehen, um seine Schwester auf die Bank zu lassen. »Du kommscht au so no z'bald. Da sitz her!«
Während Eugen stand und kurz seinen Blick über die Gaststube schweifen ließ, nutzte Herr Landgraf die Gelegenheit, um ihm zuzuprosten. Eugen prostete mit seinem fast leeren Glas zurück. Alle Herrschaften vom Tennisvereinsvorstand erwiderten den Gruß.
Eugen war sehr mit sich zufrieden und sagte mehr zu sich, als zu seinen Tischgenossen: »Deshalb sagt mr's ja em Guete!«

Inzwischen hatte sich Rosa mit den Plänen beschäftigt und entdeckt, wo und wie ihr neues Domizil geplant war.

»Und des ischt alles – für mich?«
Auberle wurde sofort tätig: »Isch doch ganz zauberhaft, gell!? Vor allem der nette kleine Dachbalkon!«
Rosa war tief enttäuscht: »Also, wenn des alles ischt, ischt mir des z'wenig!«
Eugen hob ganz langsam seinen Kopf und schaute seine Schwester von der Seite an.
Mary war an den Tisch getreten. »Ist alles in Ordnung? Die Küche macht in einer halben Stunde zu, falls Sie noch einen Wunsch haben.«
Rosa, auf der Suche nach einer Bundesgenossin, wandte sich an Mary: »Hascht des scho g'sehe? Guck, so groß will er baue, mei Herr Bruder – und des Eckle hat er für mi eiplant!«
»Du mußt doch da nicht einziehen, du kannst dich doch auch selbständig machen!«
Rosa schaute Mary ganz verdutzt und verständnislos an. Der Gedanke, nicht mehr im elterlichen Haus zu wohnen, war für sie bis jetzt völlig fremd. Eugen allerdings begriff sofort, was Mary da für eine Stinkbombe gesetzt hatte. Ärgerlich brauste er auf: »Komm, misch du de da bloß net ei!«
Mary schaute Eugen an und sagte ganz gelassen und ruhig: »Warum? Das ist doch hier scheints so üblich, daß sich jeder in alles einmischt!«

Die Gaststube hatte sich schon ziemlich geleert. Nur bei den Tenniscracks herrschte noch Hochstimmung. Eine ganze Batterie leerer Flaschen stand inzwischen auf dem Familientisch.
Der Architekt Auberle rollte gerade seine Pläne wieder zusammen.
An einem kleinen Tisch saßen Elsbeth und Evelyn und

unterhielten sich über das Leben im allgemeinen und die dazugehörigen Männer im besonderen.
»Des könnet Sie mir glaube, Frau Eisele, leicht isch es net mit meim José. Er ischt halt a richtiger Spanier.« Ganz stolz fügte sie noch hinzu: »Ond sowas von eifersüchtig, des glaubt mr net, wenn mr des net am eigene Leib erlebt hat!«
Elsbeth dachte so an dies und das und lächelte. »Ach, Evelyn, was moinet Se. Mit ama Schwabe isch's au net emmer en Schleckhafe. Da gibt's au sodde ond sodde!«

Eugen hatte inzwischen die Herren Auberle und Schmalz an die Tür gebracht. Als er für einen Augenblick unentschlossen herumstand, sprach ihn Herr Landgraf an: »Herr Eisele, jetzt kommet Se doch au no a bißle zu ons her. Jetzt habet Se ons da ganze Abend so großzügig freig'halte...«
Das fuhr Eugen rein wie ein Blitz. Fassungslos fragte er: »*Was* han i?«
Aber der Tennisvereinsvorsitzende ließ sich von Eugens Bescheidenheit nicht beeindrucken. Er wollte sich jetzt auch ein bißchen dankbar zeigen und ließ nicht locker: »Jetzt sitzet Se halt no a bißle zu ons her und trenket Se no a Fläschle mit ons. Des geht dann natürlich uff onsere Koschte. Mary, brenget Sie ons doch zom Abschluß no a Fläschle, damit mr mit'm Herr Eisele wenigstens no anstoße könnet.«
Eugen war wie gelähmt vor lauter Schreck. Wie in Trance drehte er eine Flasche nach der anderen um. Auf jeder Flasche prangte sein privates Etikett.
Die Tennisleute rückten, und Eugen ließ sich auf die Bank plotzen.
»Wirklich, ein ganz wunderbares Tröpfchen«, sagte Herr

Landgraf. Und Herr Molitor ergänzte: »Herr Eisele, der schmeckt grad so, wie wenn oim a Engele uff d'Zong bronzt.« Die beiden Damen kreischten.

Mary brachte die Flasche und für Eugen ein Glas.

»Nun ja, der Herr Eisele hat gesagt, ich soll euch einen besonderen Wein einschenken, damit ihr's leichter verschmerzt mit eurem Stammtisch. Und was der Eugen Eisele hier in meinem Haus sagt, das wird auch gemacht!«

Mary schenkte ein. Eugen, dem Ehrengast am Tisch, zuerst.

»Zum Wohlsein«, sagte Mary und zog sich zurück.

Eugen hatte es die Sprache verschlagen.

Der Familientisch befand sich wieder in Familienbesitz. Die Damen des Hauses Eisele beendeten gerade ihr Frühstück. Elsbeth erhob sich. Die Küche rief.

Rosa war ziemlich aus dem Häuschen. Mary versuchte Rosa vorsichtig für ihren entscheidenden Kampf mit Eugen aufzubauen. Es mußte doch möglich sein, diesem selbstherrlichen Stinkstiefel endlich mal eins auszuwischen.

»Weißt du«, tastete sich Mary vorsichtig ans Thema heran, »wenn man sich in unserem Alter noch einmal mit jemand zusammentut, möchte man sich doch eigentlich schon auch ein richtiges eigenes Nest bauen.«

Daß Mary sie altersmäßig praktisch auf die gleiche Stufe stellte, ging Rosa runter wie Öl. Mit dem naiven Augenaufschlag, von dem sie so fest überzeugt war, daß sie ihn ganz perfekt beherrschte, schaute sie Mary groß an: »A eigenes Nescht?« Dann kicherte sie leicht verschämt. »A eigenes Nescht! Da hascht recht!«

Mary bohrte ein bißchen weiter: »Du kannst dir doch was eigenes zulegen.«

Der Gedanke war für Rosa immer noch völlig fremd. »Mit dem Bausparvertrag vom Gottfried!?«
Mary lächelte und schüttelte den Kopf: »Aber Rosa!«
Jetzt durchfuhr es Rosa siedendheiß. »Ja, was denn?! Du meinscht doch net, daß ich mein Kapital aus'm Betrieb zieh?«
»Ist es dein Geld, oder nicht?«
Rosas Augen blitzten ganz empört. »Mary! Du bisch mr aber oine! Des tät mir der Eugen nie verzeihe!«
Doch je mehr sie darüber nachdachte, desto weniger unmöglich erschien ihr Marys Vorschlag. Ihre Augen begannen zu funkeln. Es juckte sie mordsmäßig.
Hemmerle kam zur Tür herein. Er freute sich, daß Rosa so frisch und munter war. Zärtlich gab er ihr ein Küßchen auf die Stirn.
»Möchtsch a Kaffeele?«, fragte Rosa.
»Wenn i net stör«, sagte Gottfried Hemmerle lieb und sanft und setzte sich.
Rosa schenkte Kaffee ein und sprudelte auch schon los: »Gottfried, jetzt isch's raus. Der Eugen will onser altes Haus neu aufbaue. Alles wird anders, größer ond schöner, ond stell dir vor: Für mich hat er a bessere Dienstmädleskammer vorg'sehe!«
»Noi!« Gottfried Hemmerle war ehrlich empört. »Des geht aber... Des geht aber wirklich net! Mary, jetzt saget Sie doch amal ehrlich, des geht doch net!«
Mary stimmte ihm da voll zu, und Hemmerle wurde klar, daß er jetzt als Mann gefordert war und, um mit Schiller zu sprechen, ins feindliche Leben hinaustreten mußte. »Ja«, sagte er, »da werd ich aber amal a ganz entscheidendes Wörtle...« Hoch hob er dabei sein Haupt und erschrak furchtbar über die eigene Courage.
Eugen betrat die Gaststube. Doch von seiner Seite be-

Rosa Eisele (Trudel Wulle)

Gottfried Hemmerle (Thomas Reiner)

stand im Augenblick noch keine Gefahr. Er sah ziemlich angeschlagen aus und kämpfte gewaltig mit einem mordsmäßigen Kater. Nachdem er einige tapsige Schritte in Richtung Familientisch gemacht hatte, war das allen klar.
»Guten Morgen, Chef«, rief Hemmerle etwas zu forsch, und Rosa und Mary wünschten schadenfroh ebenfalls einen »Wunderschönen guten Morgen«.
Eugen ließ sich auf einen Stuhl plotzen und sagte etwas mühsam: »Danke der Nachfrage.«
»Au Kaffee?« fragte Rosa und hob die Kanne.
Eugen antwortete sehr schwach: »Am beschte gar nix!«
»Grad recht«, sagte Rosa und schüttelte die Kanne. »S'isch sowieso koiner meh da.«
Eugen bot ein Bild des Erbarmens. Mary kümmerte sich endlich um ihn: »Du Armer, hast gestern noch so viel saufen müssen?« Sie strich ihm sanft über den Kopf.
Eugen hatte nicht die Kraft, sich zu wehren.

Rosa nutzte diese Gelegenheit, um den Kampf gegen ihren Bruder aufzunehmen. Sie wandte sich an Hemmerle und sagte etwas zu laut: »Ich hab a Idee, Gottfried. Mir machet uns selbständig.«
Eugen stand mühsam auf, schlurfte zur Theke und holte sich einen sauren Sprudel.
Da Eugen nicht reagiert hatte, hakte Rosa noch einmal nach: »Ja, was meinscht denn jetzt dazu, Gottfried, wenn mir ons selbständig machet?«
Hemmerle war das Gespräch äußerst unangenehm. Je lauter Rosa redete, desto leiser tuschelte er: »Ja, wie selbständig – mit einer Weinhandlung?«
Eugen stand am Tresen setzte das Sprudelglas langsam ab, machte seine Ohren auf und blieb mit dem Rücken zum Familientisch stehen.
Rosa beobachtete das genau. Sie wußte, daß jetzt jedes Wort, das sie sagte, wichtig war. »Weinhandlung! Bledsinn. Des macht doch der Eugen. Noi, Gottfried. Mir zwoi, mir bauet ons onser eigenes Nescht. Klein, aber fein!« Ganz beseelt sang sie ihrem Gottfried ins Ohr:

»Ein Häuschen mit Garten
nur klein, aber mein,
was brauch ich denn mehr,
um zufrieden zu sein...«

Darauf wandte sich Rosa wieder laut an Mary, um ihr und damit auch Eugen ihre Vorstellungen vom eigenen Nescht auseinanderzudividieren: »Also unte mache mr fascht bloß en Livingroom, mit Kamin natürlich und einem ganz großziegigen Eingangsbereich. Der private Bereich isch gänzlich nach obe verlagert. Falls dr Gottfried amal seine Freunde da hat. Des koscht natürlich Geld, aber ich hab ja Kapital.«
Hemmerle wußte überhaupt nicht, was in seine Rosa ge-

fahren war. Er war jetzt schon sehr besorgt: »Aber Rosa, Liebes...!?«

Eugen mußte sich doch jetzt endlich einmal rühren.

»Gottfried«, flötete Rosa, »mach dir keine Sorgen. Das Kapital ist wirklich kein Problem.«

Endlich.

Langsam drehte sich Eugen um und kam auf den Tisch zu. Er war jetzt schon merklich besser auf den Beinen.

»Kapital. Du hasch Kapital?!« sagte Eugen und schlotzte an jedem Buchstaben.

Rosa wurde jetzt völlig übermütig. Sie sang Eugen an: »Brüderlein fein, Brüderlein mein, wirst doch nicht...«

Eugen richtete seine blutunterlaufenen Augen auf Rosa und unterbrach sie grob. »Brüderlein, Schwesterlein, aber net mit mir!«

Doch auch Rosa beherrschte die härtere Eiselesche Gangart: »Du Hirsch, du! Was bildescht du dir denn eigentlich ei? Mir lebet hier unter einem Dach, und du hascht meinem Gottfried no net amal des Du angebote. I ben immerhin dei Schwester!«

Gottfried Hemmerle war jetzt sehr stolz auf seine Rosa und hatte auch auf einen Schlag alle Angst vor Eugen verloren. »Ihre Schwester. Das ischt sie! Ganz unverkennbar ischt sie Ihr Fleisch und Blut, Herr Eisele!«

Rosa war nun ebenfalls ganz obenauf. »Jawohl Eugen, des ben i – ond zwar mit Kapital. Des Teile isch doch jetzt sowieso ganz oifach, wenn's Geld von dr Versicherung kommt.«

Jetzt ging's um die Wurscht. Eugen wußte, daß er sich auf keine Diskussion mehr einlassen durfte. »Hemmerle, i glaub, da braucht's jetzt a Gläsle von meim Trollinger, wenn no oiner da isch.«

Das paßte nun Rosa gar nicht. »Nix da! Nix da! Alkohol

am frühe Morge! Ond wenn du scho saufe muesch, na holsch dr dei Sach gefälligscht selber!«
Eugen nickte Hemmerle aufmunternd zu: »Da kann mr sage, was mr will. Am beschte ischs halt emmer no, wenn mr mit dem afangt, mit dem mr uffg'hört hat. A Fläschle ond drei Gläsle, Hemmerle.«
Eugen schaute auf Mary und seufzte mit Leichenbittermiene: »Vier Gläsle, jetzt hätte di fast übersehe.«
Hemmerle war schon aufgesprungen und ging zum Tresen. Rosa versuchte ihn vergeblich zurückzuhalten: »Gottfried, du bleibsch da!«
»Aber Schwesterle, ich will doch bloß mit mein zukünftiger Schwager Brüderschaft trinke!«
Rosa schaute ihren Bruder prüfend an. »Aber das Dachgeschoß wird ausgebaut! Nach meinen Plänen, Brüderschaft hin oder her!«
»Freilich. Mache ka mr alles, sagt dr Auberle. Aber den Livingroom mit Kamin schminkscht dir gefälligst wieder ab!«
Aus vollem Herzen sagte Rosa: »Du Schlitzohr, du liederlichs!«
Eugen grinste Rosa an. »Mei Schwester, mei oizige.«
Inzwischen hatte Hemmerle den Trollinger gebracht und die Gläser eingeschenkt. Er war ganz selig. »Chef, daß das Ihr Ernst ist!«
»Eugen«, korrigierte Eugen.
»Gottfried«, sagte Hemmerle. »Daß ich das noch erlebe darf, daß ich plötzlich a Familie hab. Ich heiß Gottfried, Eugen.«
Hemmerle stieß mit Eugen an.
Eugen warf einen Blick zu Mary und einen zu Rosa, dann sagte er zu Hemmerle: »Ond i Eugen, Gottfried.«

Der Polterabend

Es war noch früher Morgen. Draußen war es trüb. Mary stand im Morgenrock hinter dem Tresen und machte Kaffee. In der Küche rumorte es.
Karle betrat die Gaststube. Er sah bleich und verquollen aus, war aber bester Laune. Er schwebte wie auf Wolken. Schnuppernd hielt er die Nase in die Luft. Der Duft des frischen Kaffees beflügelte ihn noch mehr. Da fiel in der Küche irgendwelches Geschirr herunter und zersprang mit lautem Getöse.
Karle hielt sich die Ohren zu und duckte sich, als hätte ihn etwas am Kopf getroffen. »Aaah! Auah! Dr Polterabend isch doch erscht übermorge.«
Mary erkannte jetzt erst, in welchem Zustand sich Karle befand. »Ja, sag bloß!«
Karle setzte sich. Langsam bewegte er seinen benommenen Kopf hin und her. Dabei machte sich auf seinem Gesicht ein erinnerungsseliges Grinsen breit. »... Mann.« Plötzlich wurde es ihm schwummerig. »Isch mir's schlecht!«
Mary war voller Mitleiden. In solchen Fällen kannte sie sich aus. »Hast du einen Kater?«
»Kater?!« Karle ging es schon wieder besser. »Kater isch überhaupt koi Ausdruck. Was i han, isch mindeschtens a gemischte Raubtiergruppe vom Circus Krone.«
Karle versuchte ein bedrohliches Raubtiergebrüll nachzumachen. Der Versuch endete kläglich, da er sein eigenes Gebrüll nicht aushielt.

Mary hatte den Mixbecher zur Hand genommen und begann etwas zusammenzubrauen. »Ich mach dir was. Wenn das nicht hilft, hilft gar nichts mehr.« Sie mixte ein Getränk aus Tomatensaft, Pfeffer, Zitrone und Knoblauch.
Draußen in der Küche fiel noch einmal eine ganze Ladung Geschirr herunter und zersprang mit lautem Getöse.

In der Küche stand Elsbeth und schaute sich die Bescherung an. In dem Geschirrschrank, in dem ihr privates buntes Geschirr stand, hatte sich ein Brett gelöst. Als sie die Tür aufgemacht hat, war ihr einiges entgegengefallen. Auf den anderen Regalbrettern stand unversehrt, in Reih und Glied gestapelt, das Wirtschaftsgeschirr. Elsbeth hatte noch ein paar Teller und Tassen, die sie aufgefangen hatte, in der Hand.
Elsbeth atmete tief durch. Ihre anfängliche Aufregung und ihr Ärger legten sich schnell. Sie warf noch ein heiles Stück hinterher und sagte aus vollem Herzen: »Grad recht!«

Draußen in der Gaststube zuckte Karle unter dem Krach von Elsbeths letztem Wurf noch einmal schmerzlich zusammen. »Nie mehr em Lebe drenk i Alkohol.«
Mary nickte verständnisinnig. »Was wäre der Mensch ohne seine guten Vorsätze.«
Abschließend schüttete sie noch einen ordentlichen Schluck Schnaps in ihren Mixbecher, schüttelte das Ganze gut durch und goß dann die undurchsichtige Mischung mit gekonntem Schwung in ein hohes Glas, das exakt randvoll wurde. Vorsichtig balancierte sie ihr Gebräu zu Karls Tisch.

Karle schwelgte inzwischen in den von ihm am vergangenen Abend vollbrachten Heldentaten. »Den gesamten Vorschtand von dr Genosseschaft han i onder da Tisch g'soffe. I ganz alloi. Guck me a!«
Karle warf sich in die Brust und zitierte: »›Anläßlich eines kleinen Umtrunks zu meiner bevorstehenden Vermählung.‹ Bis uff da letztschte Tropfe. Was des alles koschtet. Bloß nix verkomme lasse.« Karle wurde jetzt ziemlich trielig.
Mary stellte ihm genau im richtigen Augenblick ihre Mischung vor die Nase: »So. Jetzt trink. In einem Zug. Runter damit!«
Karle leerte das Glas brav in einem Zug. Es verschüttelte ihn unheimlich. »Ooooaah!!«
Mary schaute sich die Wirkung ihres Werkes genüßlich an. »Bloody Mary à la Mary. Böses muß Böses vertreiben, hat meine Mutter immer gesagt. Noch einen?«
»Bloß net!« Karle schüttelte sich noch einmal.
Mary nahm das leere Glas und ging wieder hinter den Tresen. »Auch heiraten will gelernt sein, Karle.«
Karle reckte seinen Hals und fragte bedeutungsschwanger in Marys Richtung: »Hättsch du vor vier Woche glaubt, daß i amal heirate mueß?«
»Muß?« Das gefiel Mary nicht. »Also müssen mußt du nicht. Wirklich nicht.«
Aber Karle wollte schon sehr gern müssen. »Klar muß i. Mei Kend braucht ja schließlich en Vadder ... so g'sehe.«

In Eugens Büro fand ein Gespräch in Sachen Hochzeit auf allerhöchster Ebene statt. Eugen sprach mit Eberhard Maier, Sibylles Vater. Wenn man das Gesprächsklima als locker bezeichnet hätte, wäre das reichlich übertrieben gewesen. Aber Eugen hatte sich ja aus angespannten

Stimmungen noch nie etwas gemacht. Ganz im Gegenteil. Er paffte an seiner Zigarre, nahm sie aus dem Mund, beugte sich etwas vor und gab sich vertraulich. »Du weisch ja, i han mein Neffe scho vor ama halbe Jahr an meim G'schäft beteiligt.«
Eberhard Meier war sehr reserviert: »Mei Dochter hat's mir verzählt.«
Eugen schaute sein Gegenüber prüfend an. »I selber han ja koine Kender.«
Herr Maier nickte kurz. »Des ischt bekannt.«
»Ond deshalb han i da Karle so a bißle als mein Nachfolger aufbaut, net wahr.«
Eugen lehnte sich langsam zurück und zog an seiner Zigarre. Sein Gesicht sagte: ›So, jetzt kommscht du.‹
Brautvater Maier blieb verhalten. »I woiß, daß dei Neffe a guete Partie ischt... landläufig g'sproche.«
Eugen bekam eine steile Falte auf der Stirn: »Was soll den das hoiße: ›landläufig‹?«
»Na ja, heutzutag kann's jeder zu ebbes brenge, wenn er tüchtig ischt.«
›Saudomms G'schwätz‹, dachte Eugen. Recht grob sagte er: »Aber jetzt goht's om da Karle und dei Sibylle.«
»I han nix gege die Hochzeit, wirklich nix, obwohl...«
»Obwohl was?« Eugen schaute tückisch.
Herr Maier vermied seinen Blick, als er mit leicht angehobener Stimme antwortete: »Obwohl des net nötig g'wese wär, daß er ihr a Kendle macht, bloß om...«
Jetzt sagte Eugen, was er dachte: »Saudomms G'schwätz! Zom Kendermache g'höret emmer no zwoi. Ond grad heutzutag..., wenn a Mädle net will... also gell!«
»Ja, scho«, sagte Vater Maier matt. Eugen brachte das Gespräch nun ohne weiteren Schnörkel auf den Punkt:

»Ond deshalb isch's net meh als recht und billig, daß mr sich die Koschte teilt.«
»Jetzt ischt d'Katz aus'em Sack!«
Eberhard Maiers Stimme klang etwas vorwurfsvoll. Aber das war sein Problem. Eugen scherte das wenig. Er hatte ja nicht vor, Eberhard Maier zu heiraten.
»Ja, was moinscht'n du, über was mir die ganze Zeit schwätzet?!«

Oben im Gang, im ersten Stock, fand vor dem großen Spiegel eine kleine Modenschau statt.
Rosa posierte im weißen Hochzeitskleid. Frau Metzger, die Schneiderin, steckte ihr den Saum ab. Hemmerle saß auf dem alten Sofa mit den kaputten Sprungfedern und war sehr, sehr angetan von dem, was er sah. »Hinreißend! Des habet Se wirklich schön gemacht, Frau Metzger.«
Rosa hauchte: »Des war scho immer mei Traum ... eine Hochzeit in Weiß.«
»Die Sibylle heiratet ja in Schwarz«, sagte Frau Metzger.
»In dem Fall isch'es ja auch richtig so.«
Keiner widersprach Rosa.
Frau Metzger war mit dem Saum fertig und stand auf. »Ich muß grad no a bißle von der weiße Spitze aus'em Auto hole.«
Sie ging die Treppe hinunter. Hemmerle erhob sich ebenfalls. Er stellte sich neben seine Braut und legte ihr den Arm um die Schultern. Gemeinsam schauten sie in den Spiegel.
Rosa lächelte wie eine Puppe. Hemmerle blickte würdig. Dann räusperte er sich und sprach: »In aller Bescheidenheit: Mir sind wirklich ein hübsches Paar!«

Rosa schmiegte sich leicht an ihn. »Des wird a Fescht...!«
»Ja, scho...« Das klang plötzlich etwas kläglich.
Rosa schaute erschrocken zu ihrem Bräutigam auf: »Ischt was? Was ischt denn, Gottfried?«
Hemmerle fing an herumzugatzgen. »Na ja, so ganz billig wird's net werde.«
Rosa sagte im Brustton der Überzeugung: »Ich nehm doch an, daß mein Bruder da einiges...«
Hemmerle winkte ab und fiel ihr ins Wort: »Noi. Überhaupt net. Er hat jetzt schon zwoimal zu mir g'sagt, daß er fescht damit rechnet, daß ich... beziehungsweise mir...«
Rosa wurde schnippisch: »Des hätt mr sich ja fascht denke könne. Bei dem Enteklemmer!«
Der Gedanke, daß so kurz vor dem großen Tag noch eine Mißstimmung im Haus aufkommen könnte, war für Hemmerle ganz furchtbar. Versöhnlich sagte er zu seiner weißen Braut: »Na ja, a bißle was wird er scho au dazulege. Mir lasset ons ebe überrasche.«

Karle arbeitete im Keller. Seine Kopfschmerzen waren verschwunden, die Hochstimmung war ihm geblieben, dank Marys höllischem Gebräu.
Pfeifend kam er aus der hintersten Ecke. Er schob einen Sackkarren, auf den er vier Kisten mit Weinflaschen geladen hatte, und fuhr aus lauter Begeisterung Zickzack.
Als Karle an seiner Bürobude angekommen war, stand Eugen da. Ihm entging wirklich nichts. »Sag amal. Des send doch die letzschte Kischte von dem 75er Trollinger mit Lemberger!«
Karle nickte. »Richtig. Ein idealer Hochzeitswein.« Er lud die Kisten ab und stöhnte etwas, da ihm plötzlich

wieder der Schädel dröhnte. »I werd meine Gäste doch koi so a Bombolesbrüh anbiete!«
Eugen sah Karle streng an. »Schpennscht du? Den kannscht du doch gar net zahle.«
Karle gab sich überrascht: »Mueß i den zahle?«
»Ja wer sonscht?«
Karle blieb locker. »Woisch, i han mr denkt, die boide Chefs vom Weingut Eisele machet zur Hochzeit ihrer leitenden Mitarbeiter eine noble Geschte...«
Eugen kapierte sofort, gab sich aber etwas begriffsstutzig: »Die boide Chefs... eine noble Geschte. Also jetzt amal ganz langsam zom Mitschreibe: Du ond i schenke dir ond em Hemmerle... Ond's Beschte isch grad guet gnueg.«
Karle hob entschuldigend die Hände. »Mr ka sich doch en so ama Fall net lompe lasse!«
Eugen ging auf das Spiel ein. »Bloß net. Aber wenn mr scho grad beim Thema send –« Eugen deutete auf Karle und auf sich: »Mir Chefs traget natürlich da Löwaanteil von dem Fescht, gar koi Frag. Aber von dir in deiner Person als leitender Angeschtellter erwart'e natürlich scho au ebbes.« Eugen machte mit Daumen und Zeigefinger die Geldgeste.
Das war unmißverständlich. Karle wurde schlagartig nüchtern. »Wieviel?«
»Mindeschtens so viel wie dr Hemmerle en seim Fall.«
Karle räusperte sich. »Ond wieviel wär des?«
»Ooch«, sagte Eugen und machte eine lockere Handbewegung, als wäre das nichts, »zahlscht en Tausender, no ischt dr Kittel g'flickt!«

In der Gaststube war es ruhig. Mary und Sibylle saßen am Familientisch. Sie hatten zusammen Kaffee getrun-

ken. Sibylle brauchte ganz dringend ein Gespräch von Frau zu Frau: »Koi vernünftig's Wort ka mr mit'm schwätze. Uff oimal wird mr der no zom Alkoholiker.«
Mary lachte. »Jetzt reg dich bloß nicht auf. Das ist doch schön, wenn sich einer so freut.«
Sibylle pochte mit dem Zeigefinger auf den Tisch. »Aber die Sauferei g'wöhn ich ihm ab!«
»Bloß merken lassen darfst du's ihn nicht!«
Sibylle hatte wirklich nicht ihren starken Tag. »Du muesch mi halt immer guet berate.«
»Klar.«
Sibylle war richtig verzagt: »Aber was mach i, wenn du nemme da bisch?«
Mary sah das unproblematisch: »Mallorca ist doch nicht aus der Welt. Schreib mir halt, wenn du eine Frage hast. Dann bin ich auch immer gleich auf dem Laufenden, was hier so passiert.«
Eugen kam herein. Er wollte mit Mary etwas unter vier Augen besprechen. Um Sibylle zu verscheuchen, trompetete er gleich los: »Ja, wie hemmer's denn! Hasch du vielleicht scho Schwangerschaftsurlaub?«
Sibylle schaute ihn fest an. »Mit irgendebber mueß mr ja amal a normal's Wort schwätze könne, Onkel Eugen!«
Sie stand auf, nickte Mary dankbar zu und ging.
»Ond mei Poscht?«, fragte Eugen hinter ihr her.
Sibylle drehte sich noch einmal zu ihm um: »Gucksch halt amal uff dein Schreibtisch – Chef!« Sie ging hinaus und machte die Tür leise hinter sich zu.
Mary schaute Eugen vorwurfsvoll an: »An deiner Stelle wär ich goldfroh, wenn mein Neffe so eine Frau kriegen würde.«
Eugen setzte sich. »Er kriegt se ja.«
Eugen legte beide Ellbogen auf den Tisch und beugte sich

zu Mary hinüber: »Jetzt paß amal uff. Der Karle schenkt uff'm Polterabend den letzschte 75er Trollinger mit Lemberger aus. Ebbes Besser's hemmer fascht net em Keller... Jetzt... Da könnt mancher uff da G'schmack komme ond frage, ob er net a paar Fläschle... wenn de woisch, was i moin...«
Mary war fast beleidigt, aber nur fast. »Ich bin ja schließlich nicht auf den Kopf gefallen!«
Eugen nahm seinen Faden wieder auf. »Also, wenn jeder zwoi Viertel von dem hat, gibt's Landwein. Wer na no was von dem 75er will, soll'n kaufe... zum Selbstkoschtepreis. D'Flasch neun Mark fuffzig.«
Eugen lehnte sich zurück und schaute seine Schwägerin an. Diese war im Augenblick von ihrem Schwager nicht sonderlich begeistert. »Sonst noch was?«
Eugen schüttelte den Kopf. »Noi... mmh... außer, daß i damit rechne, daß du mir 25 Prozent Rabatt auf älles gibscht, was von dir kommt.« Mary schaute ihn ungläubig an. »Ach, zahlst du jetzt plötzlich die Hochzeiten?«
Eugen stutzte. »Noi, hascht recht: des braucht's net.« Damit stand er auf und ging.

Es war wieder einmal Feierabend.
Eugen saß im Schlafzimmer auf der Bettkante. Er hatte vier Briefumschläge in der Hand. Nacheinander schaute er in jeden genüßlich hinein. Das, was er sah, befriedigte ihn sehr.
Elsbeth kam herein und sprudelte gleich los. »Ich bin richtig aufgeregt. Fascht als ob ich selber noch amal heirate müßt.«
Eugen schaute seine Frau amüsiert an. »Hano, hano!«
Elsbeth sah die Briefumschläge in Eugens Hand. »Was hascht denn da?«

Eugen fächerte die Kuverts auf und zeigte sie Elsbeth mit großer Geste: »Alle hent brav ihren Anteil zahlt: Dr Karle, dr Hemmerle, d'Rosa ond dr Sibylle ihr Vadder. Wenn mr net übertreibt, könnt ganz schö was übrig bleibe.« Eugen schaute ganz verklärt.
Elsbeth hoffte, daß das was sie ahnte, nicht wahr war. »Für wen übrig?«
»Ha für mi!« Für Eugen gab es da keine Frage. »Schließlich han i ja au's ganze G'schäft damit!«
Es war tief in der Nacht. Eugen schnarchte zufrieden vor sich hin. Elsbeth hatte noch kein Auge zugetan. Jetzt stand sie auf, umrundete vorsichtig die Ehebetten. Sie ging zu Eugens Nachttischchen und zog die Schublade auf. Eugen unterbrach für einen Augenblick sein Schnarchsolo. Er wurde kurz unruhig, beruhigte sich dann aber wieder. Als er endlich weiterschnarchte, nahm Elsbeth die vier Kuverts aus der Schublade. Unentdeckt erreichte sie mit ihrer Beute wieder das andere Ufer.

Der Polterabend war in vollem Gange. Das heißt, man war mitten beim Poltern. Die Gaststube und der Gang davor war voller Leute. Es waren vor allem viele Junge in Sibylles und Karles Alter da.
Die Stimmung war bombig. Das Geschirrschmeißen machte allen einen riesigen Spaß. Am meisten freute sich Elsbeth. Sie stand unter der Küchentür mit einem großen Stapel von ihrem Geblümten unter dem Arm und schmiß Stück um Stück auf den großen Haufen. Es war der Rest; mehr war nach dem Regalbruch nicht übrig geblieben.
Eugen hatte ihr von weitem zugesehen, sein Gesicht wurde immer verbissener. Schließlich ging er zu ihr hinüber und stellte sie zur Rede: »Sag amal, was machscht denn da? Des ischt doch onser G'schirr!«

Sibylle Meier (Regina Faerber)

Karl Eisele (Alexander Gittinger)

Elsbeth nickte und schmiß weiter. »Wenn scho älles a neu's Lebe afanget, no will i wenigschtens a neu's G'schirr!«
Eugen nahm ihr entschlossen das restliche Geschirr ab und versuchte das Poltern zu beenden. »Jetzt langt's. Mr mueß ja net glei am Afang von so einer Ehe glei älles he mache. Ruhe ... send doch amal ruhig jetzt!«
Elsbeth nahm ihm das Geschirr wieder ab. Eugen versuchte zu einer Rede anzusetzen.
»Also ... Also ... Liebe Fesch – äh – oder auch Polterabendgäschte ... Ich ...«
Weiter kam er nicht. Elsbeth schmiß ihr restliches Geschirr mit Schwung auf den großen Haufen. Die Leute klatschten ihr zu.
Eugen schaute verdutzt bis verunsichert.
Elsbeth nahm das Wort: »So, und jetzt gehe mir zum gemütliche Teil über.« Sie ging zum Tresen, zog eine Schublade auf und entnahm ihr zwei Kuverts. Sie sahen denen, die Eugen im Schlafzimmer vorgezeigt hatte, täuschend ähnlich. Elsbeth wandte sich an die Brautpaare. »Damit euch dr Start ens Lebe a bißle leichter fällt, habet mei Mann ond ich die Kuvertle für euch vorbereitet. Eugen, überreichschst du's bitte?« Sie gab Eugen die beiden Kuverts.
Karle und seine Freunde intonierten einen Tusch. Eugen blieb gar nichts anderes übrig, als Elsbeths Auftrag auszuführen und dabei noch eine leidlich gute Miene zu machen.
Auf dem einen Kuvert stand »Rosa« zu lesen und auf dem anderen »Sibylle«. Eugen überreichte die Kuverts ordnungsgemäß. Wer welches bekam, wäre sowieso egal gewesen, da Elsbeth alles, was Eugen eingesammelt hatte, schwesterlich geteilt hatte.

Die Doppelhochzeit

Eugen saß in seinem Büro an seinem Schreibtisch und blätterte in seinen Geschäftsbüchern. Während er so saß und blätterte und sinnierte, führte er Selbstgespräche. »Ja. Ja, ja, soweit kommt's no. Aber da mach ich nicht mit. Wo dät mr denn da nakomme. Nix da! Ohne mich ond net mit mir!«

Inzwischen war auf leisen Sohlen Elsbeth hereingekommen. Eugen, der ja das Gras wachsen hören konnte, hatte sie nicht bemerkt.

Elsbeth hörte ihm leicht befremdet zu: »Was bruddelscht denn scho wieder vor de na?«

Eugen erschrak nicht einmal. »Wege dene Hochzeite halt«, sagte er in einem Ton, als ob es auf dieser Welt nichts Schlimmeres geben könne.

Elsbeth war wieder einigermaßen beruhigt. »Aber da kannscht doch du gar net so knarzig sei. Du hasch's doch selber eig'fädelt, daß die vier heiratet.«

»Ja«, sagte Eugen unwirsch, »i han halt z'erscht net glei dradenkt.«

»Woran, Eugen?« fragte Elsbeth wie eine Krankenschwester, »woran hasch ausgerechnet du jetzt net denkt?«

Eugen blickte Elsbeth an wie der Kaiser, der gerade sein ganzes Reich verloren hat: »Der Karle ischt neuerdings mei Partner, ond die Rosa ischt sowieso em G'schäft dren. Jetzt heiratet dui den Hemmerle ond seller die Sibylle, ond was isch na?«

Elsbeth lachte.
»Na send se verheiratet!«
Eugen nickte langsam vor sich hin. Seine Stimme wurde immer tragischer: »Ond über ihre Ehegatten sind se sozusage au Partner, Elsbeth! No hat mr plötzlich fenf Chefs ...! Lauter Häuptleng ond koine Indianer!«
Elsbeth fand Eugens Gejammere inzwischen nicht mehr komisch. Sie fragte sich ganz ernsthaft, ob er noch alle Tassen im Schrank hatte. Sie war besorgt. »Weischt, was i denk? Für dich wär's sowieso besser, du dätscht aufhöre.«
Auf Eugens Gesicht breitete sich blankes Entsetzen aus.
Elsbeth redete rasch weiter: »Ond i, i, Eugen, hätt da überhaupt nichts dagege.«
Eugen schaute Elsbeth fassungslos an. Deutete sich fragend auf die Brust und brachte nichts weiter heraus als ein: »Iiiiih?«
Elsbeth sah, daß er den Schock überleben würde. »Sei doch oimal vernünftig. All Dag jammerscht mehr über dei kaputt's Kreuz, ond au sonscht isch's ja nemme des ...«
»Bei mir?« fragte Eugen mit Leichenbittermiene.
Elsbeth ließ sich nicht irritieren. »Über wen schwätzet mr denn? Kürzer trete sollteschst auf jeden Fall. Und des woischt du doch auch.«
Eugen gab sich ausgesprochen einsichtig. »Vielleicht hascht ja recht.« Aber dann schob er mit einer Stimme, die keinen Widerspruch duldete, nach: »Aber grad jetzt ischt des leider völlig unmöglich!«
Elsbeth sagte ganz weich: »Denk drüber nach! Mir z'lieb, Eugen«, dann ging sie hinaus.
Eugen bückte sich und holte aus seiner Spezialschreibtischschublade Trollingerflasche und Glas heraus. Als er

einschenken wollte, fiel sein Blick auf das Etikett. Ein Etikett des Weingutes Eugen Eisele. Er stellte Flasche und Glas ohne einzuschenken wieder weg und guckte ins Weite.

In der Gaststube war nichts los. Mary räumte hinter der Theke auf und spülte Gläser. Auf dem Wurlitzermusikautomaten lief eine alte Rock-'n'-Roll-Nummer.
Mary arbeitete im Rhythmus der Musik. Sie tanzte dabei ein bißchen. Sie sang ein bißchen mit. Sie war überhaupt ziemlich aufgekratzt und guter Dinge.
Eugen kam mit verbissenem Gesicht zur Tür herein. Er sah ihr von weitem einige Augenblicke zu. Dann kam er auf den Tresen zu, indem er ihre Bewegungen nachäffte.
Wortlos drückte er sich an ihr vorbei, holte eine Flasche aus seinem Fach und schenkte sich ein Viertele ein.
Ohne ihren Rhythmus zu unterbrechen fragte Mary: »Hast du schlechte Laune, Eugen?«
Eugen bruddelte. »'S kann jo net jeder so ›happy‹ sei wie du, net wahr?«
»Don't worry, be happy«, sang Mary.
Eugen winkte vergrämt ab.
Mary machte fröhlich weiter. »Trink dein Viertele, dann wirst du auch fröhlicher!«
Aber Eugen konnte sich um diese Tageszeit und bei dieser Gesamtwetterlage keine gute Laune leisten.
»Z'erscht muß i amal a ernscht's Wörtle mit dene Hochzeiter schwätze. Die müßtet eigentlich längscht da sei.«
Die Musik ging zu Ende. Der Automat stellte geräuschvoll die Platte an ihren Platz zurück.
Mary sagte ganz unvermittelt: »Ich glaub, ich steig aus.«
»Wo?«

Eugen, der gerade mit seinem Glas zum Tisch gehen wollte, war abrupt stehengeblieben und hatte sich wieder zu Mary umgedreht.
Mary fand Eugens Frage völlig überflüssig: »Na hier. Ich hab's satt. Seitdem ich die drei Monate auf Mallorca war, habe ich das Gefühl, ich bin hier am falschen Platz.«
Das war ein Stichwort nach Maß. Jetzt konnte Eugen endlich etwas Gift abspritzen. »Des G'fühl hent andere scho viel früher g'het!«
Damit drehte er sich wieder um und tappte mit seinem vollen Glas vorsichtig zum Familientisch.
Mary schaute ihm gekränkt hinterher. »Mann, Mann! Manchmal ist dein Charme wirklich umwerfend.«
Die Tür ging auf. Karle und Hemmerle kamen herein. Eugens Gesicht verfinsterte sich sofort noch mehr. Eine Zumutung war das schon wieder! Auch die beiden hatten eindeutig gute Laune. Karle hatte es außerdem noch furchtbar wichtig: »Des ischt a klasse Idee, Gottfried, genau so mache mr's. Da mueß erscht amal ebber drauf komme. Ein echtes Geschäft auf Gegeseitigkeit, des lass'e mr g'falle.«
Hemmerle war sehr stolz über Karles uneingeschränktes Lob: »Ja, warum soll mr andere Leut bemühe, wenn's so au geht.«
Eugen hätte Gift und Galle spucken können. Die beiden kungelten da etwas aus, ohne ihm auch nur ein Sterbenswörtchen davon zu sagen. Für ihn ein klarer Beweis, daß seine Ängste voll berechtigt waren. Aber wartet nur!
Nach seinen Vorstellungen vollbrachte er ein wahres Wunder an Selbstbeherrschung, als er nur sagte: »Schwätzet net so viel, hocket da her!«
Karle schaute Eugen erschrocken an. Hemmerle fragte sich, ob Eugen soeben eine Kriegserklärung abgegeben

hatte. Vorsichtshalber lächelte er zuerst einmal verbindlich: »Was ischt denn dir für a Laus über d'Leber g'laufe, Eugen?«
Karle sagte ganz obenhin mit das Falscheste, was er im Augenblick überhaupt sagen konnte und strahlte Eugen dabei auch noch an. Er skandierte: »Don't worry, be happy!«
»Halt dei Gosch ond hock de endlich na! Also – wirds bald? Ja los! Du au, Hemmerle!«
Die beiden Hochzeiter setzten sich, und Eugen kollerte weiter: »Also, was ich euch sage will: Ihr müsset einen Ehevertrag schließe. Vor dr Hochzeit, *vor* dr Hochzeit, wenn du woischt, was i moin!«
Mary schüttelte den Kopf. Wenn Eugen jetzt vollends ganz durchdrehte, war sie wenigstens fürs erste hinter dem Tresen in Sicherheit.
»Müsse, ha jetzt wird's Dag!«
Karle schaute Hemmerle fragend an. Hemmerle sah vor allem unüberwindliche Probleme: »Ich kann doch der Rosa net...«
Karle unterbrach Hemmerle und fragte Eugen ganz direkt: »Ja, wieso eigentlich...?«
Hemmerle stimmte sofort mit ein und wiederholte die Frage.
Eugen war in heller Aufregung. So hatte man ihn kaum jemals erlebt. Wie ein Irrer begann er auf Karle einzureden: »Wenn du net glei von Anfang a 's Michele mit dir mache lasse willscht, isch's besser, du fragscht net lang ond sagscht glei, wie's g'macht wird. Dr Notar Rauscher setzt euch die Verträg auf ond kommt morge vorbei.«
Karle hatte zuletzt richtig die Luft angehalten und gab sie jetzt hörbar von sich. »Also jetzt amal langsam!«
Eugen unterbrach ihn herrisch: »Nix da, net langsam!

Sofort mueß des g'macht werde! Dr Rauscher sagt au: Verträge macht mr, solang mr sich verträgt. Nachher ischt d'Katz da Baum nauf.«
Elsbeth, durch Eugens Schreierei angelockt, war aus der Küche gekommen und stand jetzt bei Mary hinter dem Tresen.
Mary konnte sich auf das, was mit und in Eugen vorging keinen Reim machen. Flüsternd fragte sie Elsbeth: »Was hat er denn eigentlich?«
»Angst.«
»Angst?« Mary verstand das nicht. Elsbeth eigentlich auch nicht, aber sie konnte es erklären: »Er hat Angst, daß er jetzt statt zwei Teilhabern bald vier hat.«
Mary verstand das Problem immer noch nicht.

Am nächsten Tag schien sich Eugen wieder etwas gefangen zu haben. Er saß am Familientisch, trank eine Tasse Kaffee und las dabei Zeitung, ohne daß irgend ein Gebruddel zu hören war. Mary brachte ihm ein Stück Kuchen und ließ sich dann mit einer Tasse Kaffee ihm gegenüber nieder.
Eugen schaute überrascht auf. »Danke! Des wär jetzt aber net nötig g'wese.«
Mary machte eine entschuldigende Geste.
»Ist ja auch nur, weil ihr heute so eine Art Ruhetag habt.«
Eugen setzte ebenfalls zu einer Erklärung an. Wenn bei Eugen Eisele an einem normalen Werktag nicht gearbeitet wurde, war das ja auch etwas Außergewöhnliches. »Naja, die junge Paare müsset natürlich no a Menge vorbereite. So a Hochzich isch ja scho ebbes anders, als wenn mr uff d' Kirbe geht!«
Mary wurde ernst. »Ich hätte gern deinen Rat, Eugen.«

»Den kriegscht ausnahmsweis koschtelos.« Eugens Laune war wirklich mit der vom Vortag nicht zu vergleichen.
»Weißt du, ich habe einfach zu wenig Erfahrung in solchen Geschäften. Wenn ich endgültig nach Mallorca gehe, kommt's ja auch drauf an, wie ich das alles finanziere. Mein Onkel Gerhard meint, ich soll hier nicht verkaufen, sondern lieber verpachten ...«
Eugen lehnte sich zurück und dachte nach. Er wollte erst einmal Zeit gewinnen. »'S gibt halt emmer für beides gute Gründ!«
Zum wesentlichen Teil seiner Ausführungen kam er nicht mehr. Die Tür wurde mit Schwung aufgestoßen, und herein kamen Sibylle und Karle, Rosa und Gottfried Hemmerle. Alle vier waren festlich gekleidet, die Damen im Kostüm, die Herren in dunklen Anzügen. Die Damen trugen kleine Blumensträußchen. Alle vier waren so richtig guter Dinge. Karle erzählte für alle, ob sie es nun hören wollten oder nicht: »Des ischt vielleicht a Laberer g'wese. ›Wenn nun Herz zu Herz gefunden hat und auch die Seelen und die Körper zueinander finden ...‹« Karle brach in heftiges Kichern aus. Die anderen drei stimmten mit ein.
Eugens Gesicht begann sich wieder ganz rapide zu verfinstern. Es war ja auch unschwer zu erahnen, daß das, was Karle da zitierte, mit an Sicherheit grenzender Wahrscheinlichkeit von einem Standesbeamten geäußert worden war. Und Eugen war ja nun schließlich kein Dummer, aber wenn das stimmte, was er befürchtete, war er in der Tat der Dumme.
Da Karle immer noch an seinem Lachen schluckte, redete Hemmerle weiter: »Ich hab scho überlegt, ob ich ihm net amal a paar Standard-Ansprache formuliere sollt ...«

Rosa schwärmte ihren Dichter an: »Du könntescht des bestimmt viel besser als der bleiche Sesselfurzer...«
Hemmerle blieb der Mund offenstehen: »Rooosa!«
Eugen wollte jetzt endlich sein Todesurteil hören. Bleich und nur scheinbar gefaßt fragte er: »Wo kommet denn *ihr* her?«
Sibylle sagte ihm die frohe Botschaft: »Gradwegs vom Standesamt, Onkel Eugen. Als Ehepaare grüßen...«
Damit keine Mißverständnisse aufkommen sollten, erklärte Karle noch rasch: »Mir hent ons oifach gegeseitig die Trauzeuge g'macht!«
Mary stand vorsichtig auf, nahm Tassen und Kuchenteller mit und zog sich hinter ihren Tresen zurück. Es war nicht abzusehen, was passieren würde.
Eugen enttäuschte seine Fans nicht. »Was hent ihr...?! Hender meim Rücke? Heimlich! Heimlich! Ond auf sechse han i da Notar Rauscher b'schtellt! Des ischt ungültig! Des giltet net, niemals! Sofort ganget ihr auf's Rathaus ond machet des rückgängig! Z'erscht kommt der Ehevertrag, ond dann...« Eugen war aufgesprungen. Schwer schnaufend ließ er sich jetzt zurückfallen. Er sah aus wie Faust auf dem Blocksberg in einer Bearbeitung von Gottfried Hemmerle.
Wenn nicht alles so ernst gewesen wäre, hätte man unheimlich lachen können.
Sibylle faßte sich als erste. »Hano, Herr Eisele...«
»Für dich neuerdings Onkel Eugen!« fuhr er sie an. »Ond als dieser sag ich dir: So was laß ich nicht zu!« Eugen blickte finster entschlossen von einem Hochzeiter zum andern.
Rosa lächelte ihren Bruder an. Diesmal war Eugen einfach zu spät dran. Unwiderruflich. »Da kannscht schempfe, so viel du willscht. Mir send standesamtlich

getraut ond damit vor Recht und Gesetz Eheleute. Alle vier, wie mr da stehe!«
Eugen hätte ihr am liebsten den Hals umgedreht. »Rendviecher send ihr, weiter nix!« Sein Kopf war feuerrot und drohte jeden Augenblick zu platzen.
Hemmerle war das alles höchst unangenehm. Aber es blieb ihm nichts anderes übrig, als die Erwartung seiner frisch Angetrauten zu erfüllen und sich als Mann zu beweisen. Ohne mit der Stimme zu schwanken sagte er: »Eugen! Hano, hano Eugen! So kannscht du uns aber nicht komme!«
»Ich komm euch no ganz anders! Passet bloß uff!« Eugen wandte sich an Karle. »Du machscht des rückgängig, sonscht wirscht enterbt!« Dann wandte er sich, schon merklich ruhiger geworden, an Rosa: »Und für dich gilt des gleiche ...«

Seit die Gaststube das abgebrannte Eiselesche Wohnzimmer ersetzen mußte, zogen sich Eugen und Elsbeth öfters mal in ihr Schlafzimmer zurück. Hier konnte man in Ruhe etwas besprechen. Das Schlafzimmer war wirklich der einzige Ort, wo man von niemand gestört wurde.
Elsbeth hatte ihr Kleid und Eugens Anzug für die Hochzeit herausgehängt. Sie schaute genau nach, ob alles sauber und auch sonst in Ordnung war. Gerade jetzt, wo man hier praktisch als Flüchtling in einer Notunterkunft lebte, schauten ja die Leute besonders auf einen.
Obwohl ...
Wie gesagt, Elsbeth richtete die Kleider her. Eugen aber hatte irgendetwas auf dem Herzen. Er schlich im Zimmer herum. Steckte sich eine Zigarre in den Mund, zündete sie aber nicht an, da ja im Schlafzimmer nicht geraucht wurde. Elsbeth sah das alles, reagierte aber überhaupt

nicht darauf. Eugen war ja schließlich sonst nicht gerade auf's Maul gefallen.
Endlich fand Eugen einen Anfang: »Sag amal, du hascht dich doch ganz gut eing'lebt?«
Elsbeth guckte ihren Mann groß an.
Eugen war irgendwie verlegen und wurde deshalb auch gleich wieder unwirsch: »Brauchscht gar net so gucke! Man wird ja no frage dürfe.«
Elsbeth hatte Eugens Frage wirklich nicht verstanden. »Ob i mi was?«
Eugen wurde ärgerlich. »Ach was! Hier! Im ›Adler‹ halt! In deiner Küche, des macht dir doch Spaß, oder?«
Elsbeth begann jetzt langsam etwas zu ahnen, aber sie ließ Eugen hängen. »Was jetzt?«
Eugen deutete auf den Fußboden in die Richtung, in der sich wohl unten die Küche befinden mußte: »Dei G'schäft halt.«
Elsbeth verstand. »In der Küche?«
Eugen konnte nicht verstehen, daß seine Frau heute so schwer von Kapee war. »In was denn sonscht!?«
Elsbeth begann an Eugens Anzug Fusseln abzuzupfen, die gar nicht da waren, und fragte mit gespielter Verwunderung: »Warum willsch'n des jetzt auf oimal wisse? Bis jetzt warsch doch eigentlich eher dagege?«
Eugen schlug die Hände ineinander. »Elsbeth! Jetzt schwätz halt!«
Elsbeth hörte mit der Zupferei auf und drehte sich zu Eugen um. »Du führscht was im Schild, Eugen.«
Eugen war ganz erleichtert, obwohl ja eigentlich noch nichts gesagt war. »Troffe, Elsbeth.« Er schaute Elsbeth strahlend an, ging zu ihr hinüber, legte den Arm um sie und drückte ihr sogar ein Küßchen auf die Wange. Dann sang er: »Don't worry, be happy.«

Dieser Gefühlsausbruch ihres Gatten war nun auch für Elsbeth eine Überraschung. Eine schöne Überraschung. Sie war Unangenehmeres gewohnt.

Vor der Kirche hatte der Sportverein ein Spalier gebildet. Links von der Treppe hatte sich die Blaskapelle des Musikvereins Weiningen 1896 e.V. aufgestellt.
Hinter der Blaskapelle standen eine Menge Schaulustige. Der Mesner öffnete beide Flügel des Hauptportals. Aus der Kirche hörte man Orgelklänge. Der Organist hatte alle Register gezogen und spielte ›Treulich geführt‹. Als erstes kam der Pfarrer aus der Kirche. Er stellte sich links vom Portal auf, um seine Schäfchen ins Leben zu entlassen.
Den eigentlichen Hochzeitszug eröffneten blumenstreuende Kinder, dahinter schritten die beiden Paare. Rosa ganz in Weiß. Hemmerle im Cut. Sibylle im schwarzen langen Kleid. Karle im weißen Smoking.
Den langen Reigen der Familienangehörigen und Freunde eröffneten Elsbeth und Eugen. Eugen sah ganz so aus, als hätte er inzwischen sein inneres Gleichgewicht wieder gefunden.
Die Paare wurden mit Hochrufen empfangen. Die Blaskapelle übernahm das ›Treulich geführt‹ von der Orgel. Der Einsatz klappte vorzüglich.
Mit der Blaskapelle an der Spitze marschierte die Hochzeitsgesellschaft dann zum »Goldenen Adler« hinüber und hielt dort an.
Eugen und Elsbeth lösten sich aus dem Hochzeitszug und gingen die Treppe zum »Adler« hinauf. Die Kapelle spielte einen Tusch. Alles wurde mucksmäuschenstill, und Eugen sprach: »Also, net wahr. Des Menschen Wille ischt sein Himmelreich. Jetzt hent die vier da ihren Wille, ond

mei Frau soll ihren au kriege. Deshalb teile ich jetzt mit, net wahr: Der Wengerter und Kellermeischter Eugen Eisele zieht sich aus dem Geschäft zurück und überläßt es fortan seinem Neffen Karl Eisele und seinem Schwager Gottfried Hemmerle ...«
Während Eugens Rede waren hinter ihm der alte Nachbar Felger und zwei, drei Gäste aus der Wirtshaustür gekommen. Felger traute seinen Ohren nicht und fiel Eugen ins Wort: »Ja was, ja was, Eugen, *du* willscht uffs Alteteil?«
Eugen schaute sich kurz zu Felger um. »Wer sagt denn so ebbes?« Dann wandte er sich wieder an die Hochzeitsgesellschaft: »Ich übernehme ab sofort den Gasthof zum Adler als Adlerwirt. Sobald mi di zwoi Herre Jongonternehmer auszahlt hent, werd i den Preis scho aufbrenge könne.« Dabei blinzelte Eugen Mary verschwörerisch zu.
Dem alten Felger war das alles absolut nicht geheuer. »Ond warum des älles so plötzlich?«, fragte er mit der Geste ›mir sagt ja koiner ebbes‹.
Elsbeth sagte es ihm: »Weil der Notar scho b'schtellt war. Für was anders.«
Die Antwort stimmte genau, auch wenn Felger zweifelnd den Kopf schüttelte. Als Urschwabe hätte er den Grund eigentlich sofort akzeptieren müssen.
Eugen bestätigte ihm sogar noch einmal, was Elsbeth gesagt hatte: »Hätt der vielleicht omasonscht komme solle?«
Jetzt redeten alle durcheinander. Die Hochzeitspaare wurden von den Gratulanten fast erdrückt. Eugen hob noch einmal die Hände, um sich Ruhe zu verschaffen: »Als Adlerwirt lad ich euch jetzt alle zom Festtagsschmaus ei. Des Esse ischt frei, ond dr Wei zahlt hoffent-

lich die Firma Eisele.« Eugen hob die Hand und präzisierte: »die Firma Eisele, Karl und Hemmerle, Gottfried.«
Alle klatschten.
Niemand widersprach Eugen.
So hatte er es gern.

Inhalt